스타일라이프

스타라이프

1판 1쇄 찍음 2017년 9월 28일
1판 1쇄 펴냄 2017년 10월 13일

지은이 | 정사부
펴낸이 | 정 필
펴낸곳 | 도서출판 **뿔미디어**

편집장 | 문정흠
기획 · 편집 | 한관희

출판등록 | 2002년 9월 11일 (제081-1-132호)
주소 | 경기도 부천시 원미구 소향로 17번길(두성프라자) 303호 (우) 14544
전화 | (032)651-6513 / 팩스 032)651-6094
E-mail | bbulmedia@hanmail.net
비북스 | http://www.b-books.co.kr

값 8,000원

ISBN 979-11-315-8293-0 04810
ISBN 979-11-315-8292-3 04810 (세트)

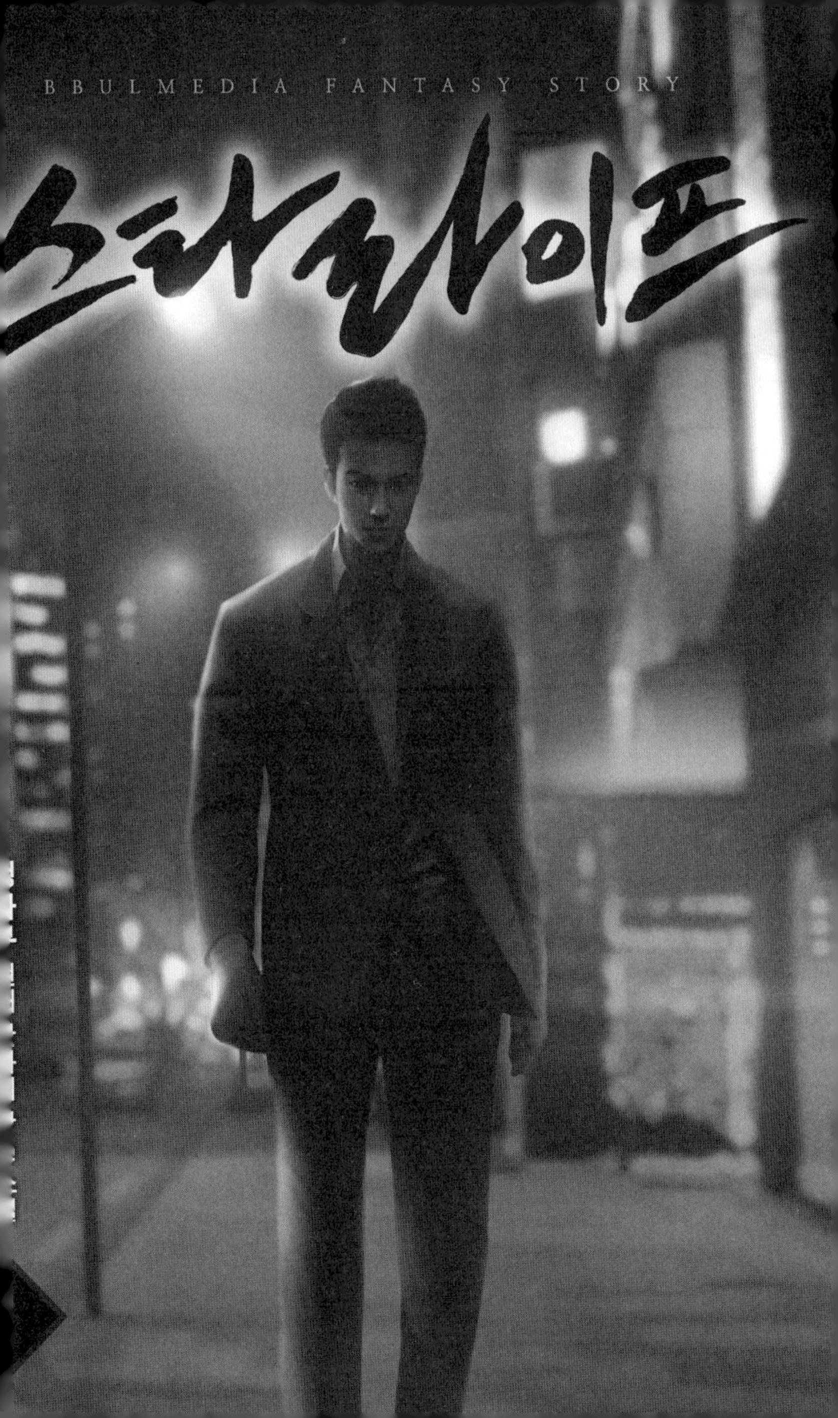
BBULMEDIA FANTASY STORY
스타라이프

CONTENTS

Prologue

프롤로그

수현은 눈을 깜박였다.

지금 자신이 보고 있는 것이 너무도 충격적이라 도저히 이 상황이 현실처럼 느껴지지 않았다.

쿵! 쿵!

빠빰빰! 따라라 빰!

크고 흥겨운 멜로디가 주변을 울리고, 무대 위에선 젊은 나이에 폐쇄된 공간에 몰려 다람쥐 쳇바퀴와 같은 생활을 하는 군인들을 위문하기 위해 여자 아이돌 가수들이 몰려와 위문 공연을 하고 있었지만, 수현은 이 모든 것이 머릿속에 들어오지 않았다.

그 이유는 바로 지금 무대 위에서 노래를 부르며 섹시한 춤을 추고 있는 걸 그룹 속에 그가 알고 있는 사람이 있었기 때문이다.

아니, 아는 정도가 아니라 몇 달 전까지만 해도 자신이 입대를 한다고 울며불며 논산까지 쫓아왔던 여자 친구였다.

하지만 몸이 멀어지면 마음도 멀어진다고 했던가. 그렇게 죽고 못 살던 사이였지만 군 입대를 하고 4주의 훈련과 후반기 교육 5주, 그렇게 9주가 지나고 자대 배치를 받은 직후 그녀는 이별 통보를 해왔다.

신병에게 주어지는 100일 위로 휴가를 나가기 바로 직전에 일어난 일이었다.

그 충격으로 수현은 한동안 부대 적응에 힘들어 하였고, 설상가상 그 일로 부대에선 관심사병으로 낙인이 찍혀 버렸다.

괜히 혼자 두면 사고를 칠지도 모른다고 여긴 부대 간부들은 물론이고 선임들도 수현의 행동 하나하나를 주시하기 시작했다.

그런데 아이러니한 것이 연인에게서 이별 통보를 받고 그렇게도 죽을 것 같던 고통도 행동이 자유롭지 못한 군대여서 그런지, 아니면 여러 사람들의 감시 때문인지, 수현은 생각보다 빠르게 점차 이별의 고통에서 헤어 나오기 시작했고, 6개월이 지난 지금에는 별다른 느낌도 없었다.

그런데 방금 전, 잊었다고 생각했던 이별의 아픔이 다시금 찾아와 심장을 찌르고 있었다.

'음!'

무대 위에서 짧은 핫팬츠에 탱크톱을 입고 섹시한 춤을 추는 그녀는 여전히 아름다웠다.

그 때문인지 주변에 있는 군인들은 무대를 보며 휘파람을 불고 고함을 지르는 등 열광하고 있었다.

그렇지만 그런 군인들의 모습은 지금 수현의 눈에는 전혀 들어오지 않았다.

'너… 여전히 아름답게 빛나고 있구나.'

수현은 무대 위에서 현란한 춤을 추고 있는 아름다운 미녀들 속에서 한때 그의 연인이었던 선혜의 모습을 주시했다.

탁!

"하! 얼마 전까지만 해도 애인과 헤어졌다고 죽을 것 같더니, 걸 그룹을 보고 눈을 못 떼는 구나!"

옆자리에 있던 동기 진국이 옛 연인인 선혜의 모습을 주시하는 수현의 어깨를 치고 작게 귓속말을 중얼거렸다.

그런 동기의 말에 수현은 작게 쓴웃음을 지었다.

"그런 것 아니다."

수현은 작게 변명 아닌 변명을 하였다.

하지만 수현의 말을 들은 진국은 그 말을 곧이듣지 않고 미소를 지으며 놀리듯 말을 하였다.

"아니긴, 오늘 온 아이돌 그룹 중에 유명한 애들은 없지만 그래도 다들 예쁘지 않냐? 그리고 옷도……."

진국은 오늘 위문 공연을 보면서 마냥 신이 났다.

처음 일과가 끝나고 위문 공연을 보러 간다고 부대에 집결을 했을 때까지만 해도 표정이 별로였다.

그도 그럴 것이 일병으로 진급을 했지만 전차 부대의 여건상 간부의 숫자에 비해 사병의 숫자가 많지 않기 때문에, 보병 부대와 다르게 일병을 달고 있지만 수현이나 진국에게는 후임이 없었다.

즉, 두 사람은 소대 막내였던 것이다.

수현이나 진국은 전차 부대 중에서도 전투 소대에 속하며, 이 전투 소대는 3대의 전차가 있어 각 전차당 네 명의 조원이 있는데 그중 일반 사병은 포수와 조종수 중 한 자리와 탄약수 한 자리, 이렇게 단 두 자리밖에 없었고, 나머지는 간부들로 이루어져 있었다.

즉, 다시 말해 1개 소대에 사병의 숫자가 여섯 명 정도뿐이란 소리다.

그러니 그들은 일병을 달고도 소대 막내에서 벗어나지 못하고 소대에서 벌어지는 자질구레한 일들을 도맡아 하고 있었다.

이러한 수현과 진국에게는 위문 공연을 관람하는 일보단

일과 후 휴식을 하는 것이 더욱 기쁜 일이다.

그 때문에 위문 공연을 보러 가야 한다고 했을 때 별로 기분이 좋지 못했던 진국이었는데, 언제 그랬냐는 듯 지금은 싱글벙글하며 아이돌 가수의 노래에 맞춰 박수를 치며 어깨춤을 추고 있었다.

만약 계급이 상병만 되었어도 저 앞에서 난리 브루스를 추고 있는 선임들 틈에 껴 있었을 것이 분명했을 진국이지만, 아직은 중대 막내 라인에 걸쳐 있기에 본성을 자제하는 모습이 역력했다.

"와아~!"

비교적 앞쪽 자리에 앉아 있던 진국은 노래가 끝나자 무대 가까이까지 다가와 손을 흔들고 있는 가수들을 보며 환호성을 질렀다.

수현은 옆에서 진국의 진상을 보다 고개를 돌려 노래가 끝나고 병사들의 열렬한 환호를 받으며 기쁜 얼굴로 인사를 마치고 무대를 내려가는 선혜의 뒷모습을 자신도 모르게 쫓았다.

'아직 미련이 남은 것인가?'

수현은 자신도 모르게 속으로 그렇게 중얼거렸다.

잊었다고 생각했는데, 잘 먹고 잘 살라고 그렇게 다짐을 했는데, 얼굴을 보자 가슴이 아려오는 느낌에 옛 연인의 뒷모습을 쫓는 자신이 너무도 한심하게 느껴졌다.

그런데 우연인지, 아니면 자신이 보는 것을 느꼈는지 막 무대를 내려가는 계단으로 내려가려던 선혜가 수현이 있는 곳으로 고개를 돌리는 것이 아닌가.

아주 찰나였다. 수현은 분명 선혜도 자신을 보았다고 느꼈다.

하지만 선혜는 1초의 망설임도 없이 고개를 돌리고는 무대를 내려갔다.

그렇지만 수현은 알 수 있었다. 자신만 그런 것이 아니라 선혜 또한 자신을 봤다는 것을, 비록 멀리 떨어져 있었지만 자신과 눈이 마주쳤을 때, 선혜의 떨리던 눈동자를 수현은 볼 수 있었다.

그 때문에 수현의 머릿속은 더욱 복잡해졌다.

분명 이별 통보를 한 것은 그녀였다.

그것도 자신이 어떤 말을 하기도 전에 일방적으로 통보를 하고 떠난 것이었다.

그런데 지금에 와서 왜 저런 모습을 보이는 것인지 수현은 이해할 수가 없었다.

'선혜도 아직 미련이 남은 것인가?'

수현은 계속해서 떠오르는 생각에 새로 무대 위로 올라온 가수가 노래를 부르고 있었지만 집중을 하지 못하고 계속해서 무대 뒤로 사라진 선혜의 모습을 쫓고 있었다.

딱!

스타라이브

"뭘 그렇게 넋 놓고 보냐? 헤어진 애인이라도 왔냐?"

뒤에 앉아 있던 선임인 김희철이 수현이 무대는 보지 않고 멍하니 어딘가를 보고 있자 뒤통수를 치며 물었다.

그는 농담으로 한 말이지만 소 뒷걸음질에 쥐 잡는다고 방금 김희철의 질문은 자신도 모르게 수현의 상황을 그대로 꼬집었다.

"예, 방금 전 노래하고 들어간 그룹에 전 여친이 있었네요."

"뭐?"

수현의 대답이 너무도 황당해 김희철은 눈을 동그랗게 떴다.

자신은 농담으로 한 말인데, 설마 진짜로 그런 일이 있었을 것이라고는 상상도 하지 못했다.

"설마 전에 그……."

김희철은 수현과 같은 소대의 바로 위 맞선임이었다.

그 때문에 몇 달 전 수현이 애인과 헤어지면서 어떤 상황이었는지 잘 알고 있었다.

그러다 보니 방금 수현의 말을 듣고 자신이 어떤 실수를 했는지 깨달았다.

"음, 그런 줄도 모르고… 미안하다."

"아닙니다. 이미 지난 일인데요."

김희철의 사과에 수현도 별로 신경 쓰지 않는다는 표정으로 덤덤하게 대답했다.

어차피 김희철이 모르고 한, 자신에게 농담을 한 것이란 것을 잘 알고 있기에 그의 사과에 가볍게 받아 넘긴 것이다.

"그런데 그때 기획사에 길거리 캐스팅이 되었다고 하던 것이 불과 6개월 정도밖에 되지 않았는데, 벌써 가수가 된 거야? 대단하다."

김희철은 정말로 순수하게 감탄을 하였다.

비록 지금은 군인이라고 하지만 알건 다 알고 있었다.

예전이야 얼굴만 잘생기고 예쁘면 그냥 데뷔를 시켰지만, 지금은 그렇지 않다는 것은 널리 알려진 일이다.

아이돌 가수라고 무조건 얼굴만 들이미는 것이 아니라, 체계적인 훈련과 연습을 통해 실력을 겸비하지 못한다면 결코 데뷔할 수 없는 그런 세계였다.

그런데 캐스팅 된 지 6개월 여 만에 실력을 갖추고 아이돌 데뷔를 했다는 것은 얼굴뿐만 아니라 재능도 만만치 않다는 것을 깨달았다.

보통 아이돌 가수를 하기 위해선 최소 1년에서 3년은 연습생 생활을 거쳐야 한다고 알려졌는데, 그 기간을 6개월로 줄였으니 실로 대단한 것이다.

그 때문에 김희철은 놀란 눈을 하며 조금 전 무대를 마치고 무대 뒤로 사라진 그룹을 머릿속에 떠올려 보았다.

김희철이 그렇게 자신만의 생각에 잠길 때, 수현도 조금 전 무대 뒤로 사라진 선혜를 다시 한 번 생각해 보았다.

 하지만 3개월 전 일방적인 이별 통보에서 선혜와의 인연은 이미 끝났다고 생각하며 더 이상 선혜에 관해 생각하지 않기로 하였다.

 '그래, 인연은 그때 끝난 거야!'

 수현은 그렇게 마음을 정하고 더 이상 선혜를 떠올리지 않고 무대 위에서 열심히 춤과 노래를 부르고 있는 또 다른 아이돌 그룹을 보며 그들의 노래에 호응을 하고 박수를 쳤다.

 띠링!

 — 작은 깨달음을 얻으셨습니다. 정신 스탯을 1 획득하셨습니다.

Chapter 1

사고

덜그럭! 덜그럭!

얼룩무늬 군복을 착용한 군인들이 근무를 나가기 위해 군장을 착용하고 있었다.

그런데 한 병사의 표정이 그리 밝지 않았다.

군복무를 하면서 누구나 드는 생각이겠지만, 근무는 참으로 나가기 귀찮은 일이다.

하지만 그렇다고 군인으로서 근무를 하지 않을 수는 없다.

그런데 인상이 굳어져 있는 그 군인은 단순히 근무를 나가기 싫어 그러는 것이 아닌 듯, 손은 무의식적으로 침상에 놓인 장구류를 착용하고 있다.

"얼른 착용하고 커피나 한잔하고 올라가자!"

"알겠습니다."

선임병인 안기준 상병은 부사수인 정수현 이등병을 보며 장구류 착용을 빠르게 하라는 지시를 내렸다.

정수현 이등병이 대답을 하는 것을 기다리지 않고 모든 준비를 갖춘 안기준은 방탄모를 옆구리에 끼고 밖으로 나갔다.

그런 안기준 상병의 움직임에 정수현 이등병은 빠르게 남은 장구류를 착용하고 그 뒤를 따라갔다.

괜히 미적거리다 사수인 안기준에게 찍혀 좋을 것이 없기에 대충 착용하고 따라 나갔다.

먼저 나간 안기준 상병은 복도 구석에 놓인 자판기에서 커피를 뽑고 있었다.

"자 마셔!"

"가, 감사합니다."

먼저 나온 장구류를 착용하고 나왔던 안기준은 커피를 뽑다 정수현을 보며 커피를 넘겨주었는데, 평소에는 이런 적이 없던 안기준이기에 수현은 잠시 당황했다.

위잉!

먼저 뽑은 커피를 정수현에게 넘겨준 안기준은 자신이 먹을 커피도 뽑아 막사 밖으로 나갔다.

아직 근무 시간까지는 10분 정도 여유가 있기에 커피 한 잔 정도 먹을 시간은 충분했다.

먼저 막사 밖으로 나가는 안기준의 모습에 수현도 따라 나갔다.

"힘들지?"

안기준은 막사 밖 한쪽에 만들어 놓은 의자에 앉으며 정수현 이등병에게 말을 걸었다.

"아, 아닙니다."

수현은 사수이면서도 그리 친절하지 않던 안기준이 오늘은 자신에게 커피도 뽑아주고 또 관심을 가져주는 것이 적응이 되지 않았다.

아니, 평소 그런 성격이라도 현재 정수현은 그런 질문에 제대로 된 답을 할 정신이 없을 정도로 머릿속이 복잡한 상태다.

그도 그럴 것이 며칠 전 면회를 온 여자 친구로부터 이별 통보를 받았기 때문이다.

그 때문에 입대 100일이면 주어지는 신병 위로 휴가도 취소가 되었다.

군대 입영 통지서를 받았을 때만 해도 사랑을 확인하기 위해 단둘이 1박 2일로 여행까지 다녀왔다.

입소할 때는 논산까지 따라와 신파극을 찍는 바람에 조교들에게 단단히 찍혀 고생을 하기도 했다.

논산 훈련소 4주, 후반기 주특기 교육으로 5주, 중간에 한 번 면회를 할 기회가 있기는 했지만 당시 선혜의 사정으로 만나지 못했다.

이유가 있었기에 별로 신경을 쓰지 않았고, 또 자대를 배치 받고 한 달 정도만 있으면 100일 휴가를 나갈 수 있기에 밖에서 만나면 된다는 생각을 하며 자위를 하였다.

그런데 100일 휴가를 1주일 정도 남겨두고 헤어지게 된 것이다.

예고도 없이 찾아와 이별을 통보하는 통에 수현은 그녀가 자신을 놀리는 줄 알았다.

하지만 이야기가 계속 될수록 그게 장난이 아니라 그녀의 진실이라는 것을 알기까지 그리 오래 걸리지 않았다.

"나도 잘 안다."

안기준은 수현의 대답에도 자신의 할 말만 하기 시작했다.

"일말상초라는 말 들어봤지?"

수현은 한 번도 들어보지 못한 이상한 말이었다.

'일말상초', 뭔가 사자성어 같기도 하고 아닌 것도 같고 알 수 없는 단어였다.

"그게 무슨 말인가 하면, 일병 말이나 상병 초에 보통 애인과 헤어진다는 말이다."

스타라이프

'음!'

사수인 안기준의 말에 수현은 대답을 하지는 않았지만 지금 자신의 상황을 말하는 것 같아 가슴이 순간 답답해졌다.

비록 자신이 일병 말이나 상병 초는 아니지만 현재 자신이 처지에 딱 맞았기 때문이다.

"그나마 넌 여자 친구가 직접 찾아와 통보라도 해줬지… 하!"

안기준은 말을 하다 말고 작은 한숨을 쉬었다.

그 또한 일병을 달고 얼마 지나지 않아 여자 친구로부터 일방적인 이별 통보를 받았었다.

전날까지만 해도 사랑한다, 보고 싶다 떠들던 애인이 그 다음날 안면을 바꾸며 일방적인 이별 통보를 했던 것이다.

전화 통화를 하던 중, 작은 다툼이 생기자마자 헤어지자는 말에 황당해 전화를 끊고 며칠 뒤 다시 전화를 했을 땐 이미 여자 친구의 전화번호는 바뀌어 있었다.

일병 휴가도 이미 썼고, 다시 휴가를 받으려면 상병 진급을 할 때까지 3개월이나 남은 상태에서 정말이지 미치는 줄 알았다.

겨우 통화 도중 조금 다퉜다고 이별 통보를 하고 전화번호까지 바꿔 버린 여자 친구로 인해 어떻게 해야 할지 갈피를 잡을 길이 없었다.

하지만 나중에 진실을 알게 되면서 한 번 더 황당한 기분을 느꼈었다.

한두 번 사귀다 헤어진 것이 아니기에 처음에는 이번에도 그런 투정이겠거니 했다.

그런데 친구들을 통해 알아본 결과 자신이 입대를 한 뒤 얼마 지나지 않아 다른 남자가 생겼다는 것이다.

시간도 지나고 또 원래부터 끼가 다분했던지라 그냥 그러려니 하고 넘어갔던 기억이 새삼스럽게 떠오른 안기준은 자신의 부사수가 애인과 헤어진 것에 충격을 받은 것 같아 위로 차원에서 커피를 뽑아주고 이렇게 근무를 나가기 전에 이야기를 꺼낸 것이었다.

그렇지만 수현으로서는 그런 안기준의 위로가 큰 도움이 되는 것은 아니었다.

"시간 다 되었다. 얼른 마시고 가자!"

안기준은 남은 커피를 마시고 자리에서 일어났다.

그런 안기준의 모습에 수현은 마시고 있던 커피를 살짝 바닥에 버리고 안기준의 뒤를 따랐다.

*   *   *

똑똑!

"상병 안기준 외 1명 행정반에 볼일이 있어 왔습니다."

행정반 입구에서 노크를 한 다음 안으로 들어간 안기준과 수현은 바로 행정보급관 앞으로 갔다.

"단결! 상병 안기준 외 1명 근무 보고하러 왔습니다."

"단결! 그래."

안기준 상병은 행정보급관에게 보고를 하고 그에게서 총기함 열쇠를 받아 자신과 수현의 총을 꺼냈다.

철컥! 철컥!

총기를 꺼내고 다시 행정보급관 앞에 서자, 그는 근무자인 안기준 상병과 수현을 보며 훈시를 하였다.

"요즘 대대장님께서 경계 근무자들이 근무 상태가 불량하다는 말씀이 있었다. 아마도 불시 순찰을 도실지도 모르니 정신 바짝 차리고, 정수현이!"

"이병 정수현!"

"애인과 헤어졌다고 정신 놓고 헛짓거리 하지 말고. 군복무 2년도 기다려 주지 못한 상대와 어떻게 장래를 기약할 수 있겠냐? 넌 잘생겼으니 앞으로 더 좋은 여자, 예쁜 여자 만날 수 있을 것이다. 알겠냐?"

행정보급관인 김웅주는 혹시나 정수현이 애인과 헤어진 일로 엉뚱한 일을 벌일까 싶은 마음에 상투적인 말이지만 주의와 함께 위로를 하였다.

"안기준이는 정수현이 잘 좀 위로해 주고, 알겠지?"

"상병 안기준! 네, 알겠습니다."

"그래, 그럼 가봐!"

"단결!"

안기준은 행정보급관의 말에 경례를 하고 C.P로 향했다.

그곳에는 이미 다른 중대 근무병들이 나와 기다리고 있었다.

그들은 일직사령에게 보고를 하고 각 중대별로 할당된 근무지로 향했다.

＊　　　＊　　　＊

찌르르! 찌르르!

귀뚜라미 우는 소리만 들려오는 근무지. 전 근무자도 교대를 하고 사라지자 사위가 조용해졌다.

"난 게임 좀 하고 있을 테니 넌 누가 오나 잘 보고 있어."

안기준 상병은 전번 근무자의 모습이 사라지기 무섭게 주머니에 챙겨온 게임기를 꺼냈다.

원래 부대로 반입이 금지된 물건이지만, 병사들 사이에서 이런 불법적인 사제 물품을 들고 오는 것은 어제오늘의 일이 아니었다.

안기준 상병은 상병을 달고 정기 휴가를 나갔을 때 저 게임기를 가지고 들어왔다.

수현이 근무를 하는 부대는 사단 직할 부대라 사병의 숫자가 그리 많지 않아 다른 일반 부대에 비해 거의 두 배에 가까운 한 시간 반 동안 근무를 한다.

그러다 보니 근무를 서는 병사들은 그 시간이 무척이나 길게 느껴졌다.

더욱이 지금처럼 저녁 근무 시간은 더욱 길다.

그래서 일부 병사들은 어느 정도 계급이 되면 사제 물건을 들여오는데, 대표적인 것이 성인 잡지나 소설 등이다.

그런데 안기준 상병은 특이하게 게임기를 가져온 것이다.

원칙대로라면 군기교육대에 가야할 일이지만, 평소 간부들에게 인지도가 높은 편인 안기준 상병이라 다른 중대 간부들에게 들키지 않는 조건으로 눈감아줬다.

그 뒤로 안기준 상병은 이렇게 근무를 나갈 때면 게임기를 가져와 부사수인 수현에게 누가 오는지 감시를 하라고 하고는 초소 안에서 게임을 즐겼다.

안기준 상병이 옆에서 게임을 즐기고 있을 때, 수현은 교통로와 초소를 오는 길목을 두리번거리며 혹시라도 누가 오는지 경계근무를 하였다.

하지만 그것도 잠시, 어느 정도 시간이 흐르자 사위는 작은 풀벌레 소리만 들려왔다.

너무도 평안한 환경 때문인지 수현은 이런 저런 생각을 하다가 문득 이별 통보를 받던 때가 생각이 났다.

*   *   *

　　토요일 오전 근무가 끝나고 복귀한 수현은 행정병인 김태훈 일병에게 애인이 면회를 왔다는 통보를 받았다.

　　애인 면회라는 말에 수현은 착용한 장구류를 얼른 벗어두고 P.X로 뛰었다.

　　수현이 복무하는 부대는 따로 면회 장소가 있는 것이 아니어서 P.X에서 면회를 하였다.

　　덜컹!

　　P.X 문을 열고 들어간 수현의 눈에 긴 생머리를 늘어뜨리고 하얀 블라우스를 차려입은 선혜의 모습이 들어왔다.

　　이미 다른 면회객들은 부대를 찾아온 목적을 이룬 것인지 손에 외출증이나 외박증을 들고 자리에서 일어나는 모습이 보였지만, 수현의 눈에는 오직 애인인 선혜의 모습만이 먼저 보였다.

　　"어쩐 일로 연락도 없이 온 거야?"

　　몇 달 만에 만나는 선혜의 앞에 앉은 수현이 밝은 표정으로 물었다.

　　어제 전화 통화를 할 때까진 아무런 이야기도 없더니 오늘 이렇게 면회를 온 것에 기쁘면서도 의아한 생각이 들어 물어본 것이다.

　　그런 수현의 질문에 선혜는 아무런 말도 없이 잠시 수현의 얼굴을 쳐다보더니 이내 깊은 한숨을 쉬었다.

"으음!"

그런 선혜의 모습에 수현은 뭔가 기분 나쁜 예감에 뒷목이 싸해지는 느낌을 받았다.

뭔가 좋지 않은 일이 벌어질 것만 같은 느낌이다.

"어? 정수현 이병 여자 친구가 면회를 왔다고?"

일과 시간이 끝나 퇴근을 했어야 할 소대장은 수현을 면회하려고 애인이 왔다는 소식에 퇴근을 하지 않고 P.X로 찾아왔다.

그런데 수현의 표정이 뭔가 이상하자 말을 하다 말고 슬쩍 자리를 비켜주었다.

"우리 헤어져!"

가만히 수현의 얼굴을 지켜보던 선혜는 수현을 보며 단호한 어조로 이별을 통보하였다.

"왜 그래? 장난하지 말고……."

너무도 느닷없는 말에 수현은 지금 선혜가 장난을 한다고 생각했다.

하지만 다시 들려온 선혜의 대답은 지금 상황이 장난이 아니란 것을 확인시켜주었다.

"나 지금 장난 아니야."

"선혜야 무슨 일이야, 응? 내가 군인이라 자주 못 만나서 그러는 거야? 하지만 내가 입대를 한 건 어쩔 수 없는 일이잖아."

수현은 애인인 선혜가 또 버릇이 발동했다는 생각이 들어 자신의 처지가 어쩔 수 없으니 이해를 해달라며 그녀를 달랬다.

하지만 수현의 말에도 선혜의 표정은 바뀌지 않았다.

"나도 알아. 그리고 지금 헤어지자고 한 것은 오빠가 싫어져서 그런 게 아니야."

"그럼?"

"나 이번에 연예 기획사에 캐스팅됐어."

"잘 됐네!"

수현은 선혜가 연예 기획사에 캐스팅이 되었다는 말에 긍정적으로 대답을 하였다.

수현이 보기에도 선혜는 누가 봐도 연예인이라 할 정도로 예쁘고 또 끼 또한 있어 친구들 사이에서도 인기가 상당했다.

그러니 그녀가 연예 기획사에 캐스팅이 되었다고 해도 별로 놀라울 것도 없었다.

실제로 그녀와 데이트를 할 때 몇 번의 길거리 캐스팅 제안을 받기도 했었다.

하지만 그때마다 선혜는 모두 거절을 했었다.

"응, 그래서 더 이상 오빠랑 만날 수 없어."

스타일라이트

"아니, 그것 때문에 헤어지자고 하는 거야? 내가 다 이 해할게!"

수현의 말은 단순히 이 상황을 타개하기 위한 것이 아니 었다. 그는 진심으로 선혜의 상황을 이해해 줄 수 있었다.

하지만 이미 마음을 굳히고 온 것인지 선혜의 말은 수현 이 어떤 말을 하던 상관이 없다는 투로 말을 받았다.

"지금 내가 하는 말은 오빠의 이해를 바라는 말이 아니 야. 난 앞으로 스타가 될 거야. 그런데 내가 애인이 있다는 사실이 알려진다면 누가 날 좋아하겠어. 날 생각한다면 내 결정을 이해해줘. 그럼 난 이만 가볼게, 더 이상 연락하지 마!"

그그극!

선혜는 그렇게 자신의 할 말만 남기고 자리에서 일어나 밖으로 나갔다.

일방적인 선혜의 이별 통보에 수현은 지금 아무런 것도 눈에 들어오지 않았다.

조금 전까지만 해도 애인이 자신에게 알리지도 않고 면회 를 온 것에 너무도 기뻐 정말이지 천상을 나는 기분으로 이 곳까지 단숨에 달려왔다.

하지만 불과 5분도 되지 않은 시간에 그의 기분은 천상 에서 나락으로 떨어져 버렸다.

선혜가 떠나고 수현은 그녀의 이별 통보에 멍하니 그녀가 떠난 PX의 출입문을 하염없이 쳐다보았다.

　그런 수현을 면회를 온 면회객과 다른 군인들이 힐끗힐끗 쳐다보았지만 수현의 눈에는 아무 것도 들어오지 않았다.

　그저 조금 전 선혜가 남기고 떠난 헤어지자는 말이 자동 재생을 하듯 무한 반복으로 그의 귀를 때리고 있었다.

＊　　　＊　　　＊

　"하!"

　아직도 생각만 하면 생생히 떠오르는 선혜의 이별 통보에 수현은 답답해 오는 기분을 해소하기 위해 작은 한숨을 내뱉었다.

　그런데 그 한숨 소리가 컸던지 옆에서 게임을 하고 있던 안기준의 고개가 들리며 수현을 쳐다보았다.

　"애인 생각했냐?"

　"아, 아닙니다."

　수현은 안기준 상병의 질문에 얼른 변명을 하였다.

　하지만 안기준은 지금 수현의 상태를 정확하게 알고 있었다.

　자신도 경험을 했던 일이기에 수현이 어떤 상태인지 빤했다.

　"이 세상 반은 남자, 반은 여자다. 비록 지금은 힘들겠지

스라이프

만 또 좋은 인연이 나타날 것이다."

"알겠습니다."

사수의 말이기에 대답을 했지만, 수현은 아직은 그 말이 가슴에 와 닿지는 않았다.

"이거나 하면서 기분 전환 좀 해라!"

안기준은 이대로 두었다가는 수현이 뭔가 사고를 칠 것 같은 느낌에 자신이 하고 있던 게임기를 수현에게 들려주었다.

"아닙니다."

괜히 선임이 해보란다고 저런 것을 무턱대고 손을 뻗었다가는 사단이 벌어진다는 것을 잘 알고 있는 수현은 얼른 거절의 뜻을 보였다.

"괜찮아! 난 잠시 오줌 좀 누고 올 테니 그 동안 하고 있어!"

아니라는 수현의 대답에도 안기준은 자신이 하고 있던 게임기를 수현에게 넘기고 초소 뒤로 돌아갔다.

근무지에 따로 화장실이 있는 것이 아니기에 안기준은 초소 뒤 수풀에 적당히 소변을 누러 갔다.

쏴!

그런데 갑자기 일기가 바뀌었는지, 예고에도 없던 소나기가 내리기 시작하였다.

그뿐만이 아니었다. 소나기만 내리는 것이 아니라 천둥

번개까지 쳐 댔다.

번쩍!

쿠르릉! 쿵쿵!

천둥 번개는 번쩍임과 동시에 들려오는 것이 무척이나 가까운 곳에서 발생한 것이 분명했다.

"아 씨! 이게 뭐야!"

소변을 누기 위해 초소 뒤로 돌아갔던 안기준은 갑자기 내린 소나기로 인해 비에 홀딱 젖어 돌아왔다.

"야! 비 온다, 나 초소 안에 있을 테니까 너도 초소에 들어가라!"

"알겠습니다."

수현이 근무를 서는 유류고 초소는 초소가 두 개 있었다.

이는 유류고 초소 뒤로 부대의 사격 훈련장이 있어 그곳으로 나가는 문이 있기에 좌우로 초소가 만들어져 있는 것이다.

그런데 안기준 상병이 서는 곳은 문이 달려 있어 비바람에도 끄떡없는데 반해 수현이 서고 있는 초소는 후임병이 서는 초소로, 한쪽 벽이 없는 전형적인 초소의 형태를 하고 있어 안에 들어가 있더라도 조금씩 비에 젖을 수밖에 없었다.

쿠르릉! 쿵쿵!

다시 한 번 가까운 곳에서 천둥번개가 쳤다.

수현은 그런 무시무시한 일기에도 별로 놀라지 않고 초소 안, 벽에 기대 멍하니 유류고 초소로 오르는 길목을 쳐다보았다.

이런 일기에는 순찰을 도는 간부들이 없다는 것을 알기에 FM으로 근무를 서기보단 이렇게 조금은 편하게 근무를 서도 누가 뭐라 하지 않았다.

더욱이 같이 근무를 서는 안기준 상병도 남은 시간동안 잠을 자려는지 초소의 문까지 잠그고 안으로 들어갔기에 수현이 초소 벽에 기대고 있다고 해서 뭐라 할 사람은 아무도 없었다.

그렇게 벽에 기대에 수현은 애인이었던 선혜와의 추억을 곱씹었다.

처음 고등학교 동아리 선후배로 만났던 일, 밸런타인데이 때 처음 선혜가 초콜릿을 주며 고백을 했던 일, 그리고 때론 싸우고 헤어졌다가 다시 만나고 헤어지기를 반복했던 그녀와의 추억을 떠올렸다.

그런데 추억을 떠올릴수록 뭔가 생각이 정리되는 느낌을 받았다.

그리고 그 느낌은 수현에게 너무도 이상한 기분이 들었다.

'내가 선혜를 사랑하지 않은 것인가? 아니면……'

수현은 조금 전까지만 해도 선혜의 이별 통보에 무척이나 심란하고 불안감에 휩싸여 정신이 하나도 없었다.

뭔가 고장이 난 것인지 모든 것이 현실처럼 느껴지지 않고, 마치 술에 취한 것처럼 몸과 정신이 따로 놀았다.

그렇게 혼자 이렇게 오랜 추억들을 들추며 그 동안 선혜와 있었던 추억을 떠올리다 보니 모든 것이 정리가 되는 것 같은 느낌이 들기도 했다.

하지만 수현은 이런 느낌이 좋게 느껴지지는 않았다.

불과 며칠 전에 있었던 일인데, 마치 아주 오래 된 추억을 떠올리는 것 같은 느낌과 함께 어떤 면에서는 자신의 일이 아닌 다른 사람의 일을 지켜보는 것 같은 느낌마저 들었기 때문이다.

그렇게 절절하게 느꼈던 감정이 한 순간에 정리가 된다는 것은 분명 상식적으로 정상은 아닌 것 같았다.

'내가 어떻게 된 것이지?'

조금 전까지만 해도 애인의 이별 통보에 괴로워하던 수현은 이제는 이별 통보를 했던 선혜에 관한 생각보단 자신에 관한 생각을 하기 시작했다.

혹시나 자신이 정상적인 사고를 가진 것이 아닌, 정신적으로 문제가 있는 싸이코패스나 소시오패스 같은 존재는 아닌가 걱정이 되었다.

그렇다고 누군가를 죽이고 싶은 그런 극단적인 생각이 드는 것은 아니기에 수현은 현재 자신의 상태에 관해 어떤 판단도 내리지 못하였다.

그러다 문득 손에 들린 게임기가 눈에 들어왔다.

왜 그런 것인지는 모르겠지만 수현은 문득 사수인 안기준 상병이 무엇 때문에 근무 시간만 되면 이것을 하는 것인지 호기심이 일었다.

불시에 군기검열이라도 떠서 걸리게 되면 군기교육대가 아니라 영창이 확실시되는 이런 사제 물품을 배짱 좋게 군 부대로 가지고 들어온 것을 생각하면 이해할 수가 없었다.

자신의 몸은 그렇게 챙기는 안기준 상병을 누구보다 잘 알고 있는 수현으로서는 그런 위험을 무릅쓰고 게임기를 반 입했다는 것이 사실 믿기지 않았다.

하지만 안기준 상병은 자신의 예상을 비웃기라도 하듯 매 번 밤 근무를 나올 때면 이 게임기를 챙겨서 나오곤 했다.

그리고 미친놈처럼 게임을 하다가 혼자 웃고 화를 내곤 했던 것이다.

게임이란 애들이나 하는 것으로 생각하는 수현은 성인인 안기준 상병이 게임을 한다는 것이 도통 이해할 수가 없었 다.

그러다 보니 자신에게 게임기를 주며 해보라는 이 게임이 얼마나 재미있기에 성인인 그가 그렇게 빠져든 것인지 알고 싶다는 생각을 하게 되었다.

"이게 그렇게 재미있나?"

작게 중얼거린 수현은 게임기의 전원 버튼을 눌러 게임을 실행하였다.

초소 밖에는 아까처럼 요란하지는 않지만 아직도 비가 내리고 있었고, 또 천둥 번개도 간간히 치고 있었다.

초소 밖에 비가오던 말던 수현은 호기심이 일자 게임기에 전원을 켜고 게임을 하기 시작했다.

물론 게임을 하면서도 경계 근무를 하는 군인의 본분을 잊은 것은 아니었기에 간간히 유류고 모퉁이 길목과 교통로를 확인하는 것은 잊지 않았다.

게임은 자신의 아바타를 만들어 그것의 직업을 정하고 뭔가를 배우고 경험을 하면서 레벨을 올려 능력치를 치우는 일종의 육성 게임이었다.

즉 자신의 분신을 성장시키며 최종적으로 그 직업의 정점에 이르게 만드는 게임이었는데, 휴대용 게임 치고는 그 자유도가 너무도 넓었다.

아바타의 직업은 어떻게 키우느냐에 따라 상당히 많은 직업을 가질 수 있었으며, 직업은 노숙자에서 대통령까지 세상에 있는 모든 직업이 망라되어 있었다.

다만 현재 수현이 들고 있는 게임기에는 많은 직업이 검은 색으로 가려져 있는 것이, 아직 그 직업들은 업데이트가 되지 않은 것 같았다.

"일단 아바타를 만들어 볼까?"

한 번도 이런 게임을 해본적은 없지만 안기준 상병이 하는 모습을 옆에서 지켜보았기에 어떻게 시작을 하는 것인지는 잘 알고 있었다.

　안기준 상병은 게임을 할 때 자신의 아바타가 성장하는 것을 자랑하기 위해 간간히 그에 대한 설명을 해주었기 때문에 아바타 생성은 금방 끝냈다.

　"나 이번에 연예 기획사에 캐스팅됐어."

　그러다 문득 며칠 전 면회를 와서 이별 통보를 하고 돌아간 선혜의 말이 떠올랐다.

　'그래, 어디 한 번⋯⋯.'

　아바타의 직업을 무엇으로 할까 고민하던 수현은 선혜가 한 말이 기억나 아바타의 직업을 정하고 막 직업을 선택하려던 순간, 눈앞이 환해지더니 모든 사고가 정지되었다.

　쾅!

　파직!

　"헉!"

　수현은 짧은 비명과 함께 쓰러졌다.

　한편 남은 시간 동안 토막잠이라도 자려고 초소 안에 들어와 문을 닫아 빗물이 초소 안으로 들어오지 못하게 하고 눈을 감고 있던 안기준은 갑자기 조그만 창밖으로 주변이 한 순간 환하게 밝은 빛이 번쩍이는 것을 느끼고 황급히 눈을 떴고, 이내 천지가 폭발하는 듯한 괴음을 들었다.

"헉! 뭐야!"

한순간 밝아졌다 다시 어둠에 잠기자 안기준은 뭔가 사고가 터졌다는 생각에 그것을 확인하기 위해 초소의 문을 박차고 나왔다.

그런데 그의 눈에 저 앞에 수현이 바닥에 쓰러져 있는 모습이 눈에 들어왔다.

"야! 정수현! 정수현 이병!"

철퍽! 철퍽!

비 때문에 질척한 바닥을 뛰어가 쓰러진 정수현에게 다가간 안기준은 수현의 모습을 확인했다.

어디 이상한 곳은 보이지 않았다. 아니, 확인을 하려고 해도 늦은 시각이라 어두워 알 수가 없었다.

일단 무엇 때문에 쓰러진 것인지는 짐작할 수는 있었다.

조금 전 밖이 번쩍인 것으로 보아 번개가 쳤던 것과 연관이 있을 것이란 생각을 하였다.

그리고 수현이 있던 초소 바닥이 빗물에 젖어 있는 것을 확인한 안기준은 자신의 생각이 맞을 것이라 확신을 하였다.

그리고 결정적으로 초소 한쪽에 자신이 준 게임기가 검게 타버린 것이 눈에 들어왔다.

'젠장!'

검게 타버린 게임기를 보니 괜히 화가 났다.

하지만 수현에게 게임을 하라고 게임기를 준 것은 자신이었기에 뭐라 할 수도 없었다.

더욱이 수현은 낙뢰 사고로 정신을 못 차리고 있지 않은가.

일단 수현이 낙뢰에 쓰러진 것을 보고해야 했다.

초소로 돌아간 안기준은 급히 행정반에 사고 소식을 전했다.

드르르릭!

"통신 보안! 유류고 초소 안기준 상병입니다……."

수현의 사고 소식을 보고한 안기준은 아직도 쓰러져 정신을 차리지 못하고 있는 수현을 일단 초소로 데려와 비를 맞지 않게 하고는 누군가 오기를 기다렸다.

비록 번개를 맞기는 했지만 심장이 멎거나 하지는 않았기에 우선 비만 맞지 않게 조치를 취하고 다음 교대자를 기다린 것이다.

시간이 얼마나 지났을까? 유류고 모퉁이 길목에서 검은 그림자 몇이 보였다.

저벅! 저벅!

"손들어, 움직이면 쏜다."

누가 오는 것인지 짐작은 하지만 일단 규칙대로 암구어를 요구하였다.

"나다. 정수현이 어디 있냐?"

오늘 일직사관인 김웅주 행정보급관이 올라온 것이다.

"여기 초소 안에 있습니다."

얼른 총을 어깨에 걸며 행정보급관을 안내하였다.

사고 소식을 듣고 유류고 초소로 올라 온 김웅주 행정보급관은 초소 바닥에 반듯하게 누워 있는 정수현 이등병의 모습을 확인하고는 얼른 뒤에 있는 의무병에게 손짓을 하였다.

행정보급관의 손짓을 받은 의무병은 얼른 가져온 들것에 쓰러져 있는 정수현 이등병을 싣고 빠르게 유류고 초소를 내려갔다.

Chapter 2

세상에 이런 일이

드르르륵!

"아, 뭐야!"

일직 사관으로 근무를 서던 김웅주는 오전에 미처 처리하지 못한 중대 업무를 보던 중 갑자기 울리는 일명 딸딸이라 불리는 유선 무전기에 살짝 짜증이 났다.

행정보급관인 김웅주는 유선 무전기가 울리자마자 사고란 것을 직감할 수 있었다.

더욱이 지금 근무를 서고 있는 조는 얼마 전 애인과 헤어진 관심 사병이지 않은가.

"통신 보안! 무슨 일이야!"

뭔가 사고가 났다는 것을 알지만 군대 짬밥이 10년이 넘어가는 행정보급관이다 보니 차분하게 어떤 사고가 났는지 물었다.

하지만 무전기에서 들린 소리를 듣고는 아무리 그라도 흥분하지 않을 수가 없었다.

병사가 사고를 쳤다던가, 아니면 탈영을 했다고 해도 이렇게까지 놀라진 않았을 것이다.

조금 전 요란하게 울리던 천둥소리가 들리더니 설마 그것이 자신이 속한 중대가 담당하는 초소 인근에 떨어졌을 것이라고는 예상하지 못했다.

더욱이 그 때문에 사병, 그것도 얼마 전 애인과 헤어진 신병이 사고 당사자란 것을 듣고 자리에 그냥 앉아 있을 수가 없었다.

"상태는……."

김웅주는 격해지는 심장의 두근거림도 애써 진정시키며 상황이 어떤지 물었다.

그런데 그가 채 질문을 끝내기 전 함께 근무를 서던 안기준 상병이 상황을 들려주었다.

"그래, 알았다. 일단 비 안 맞게 조치하고 기다려!"

다행히 심장은 뛰고 있다니 천만 다행이었다.

김웅주는 지금까지 10여 년을 장기근속을 하였지만 단 한 번도 이와 같은 상황을 겪지 못했다.

지대가 높은 동부철책 근처에서는 아주 간간히 낙뢰 사고가 전달되기는 하지만 지금과 같이 근무를 서던 사병이 낙뢰 사고를 당하는 일은 없었다.

　"철원아!"

　김웅주는 자신과 함께 일직하사 근무를 서는 정철원 병장을 불렀다.

　"병장 정철원! 부르셨습니까?"

　"그래, 신병 사고 났단다. 넌 일직사령에게 보고를 하고 대기해라! 난 의무대에 가서 의무병 대리고 초소로 가봐야겠다."

　"무슨 사고 말입니까?"

　초소에서 무전이 날아오고, 행정보급관인 김웅주 상사가 다급하게 일직사령에게 사고 보고를 하라는 지시를 하자 정철원 병장은 굳은 표정으로 질문을 하였다.

　일직사령에게 사고 보고를 하기 위해선 정확한 경황을 보고해야 했기 때문에 하는 질문이었다.

　"낙뢰 사고다. 신병이 낙뢰의 여파에 휩쓸린 것 같다. 내가 의무대 갔다 올 동안 다음 근무자 대기시켜놓고 있어!"

　"알겠습니다."

　김웅주는 일단 아직 야간 근무 시간이 조금 남기는 했지만 조금 일찍 다음 근무조와 교대를 시키기로 결정하고 자신이 의무대에 갔다 올 동안 대기시키라는 지시까지 내렸다.

이에 정철원 병장은 행정보급관의 명령에 대답을 하고 우선 일직사령에게 보고를 하기 위해 유선 무전기를 들었다.

정철원 병장이 일직사령에게 보고를 하는 동안 김웅주는 행정반을 나가 의무대로 향했다.

*　　　*　　　*

평소에는 텅 비어 있거나 전차대대에 근무하는 일부 간부 중 하나가 차지하고 있어야 할 의무대 침대에는 조금은 지저분한 한 사람이 누워 있었다.

의무대 침대에 누워 있는 사람은 바로 어제 밤 낙뢰 사고를 당했던 수현이었다.

일반 군부대 의무대는 아주 가벼운 찰과상과 같은 가벼운 상처를 치료하는 곳이다.

군의관은 있지만 일반 병원의 의사처럼 상처를 치료하거나 하지는 않는다.

아니, 그런 능력도 없는 것이 대한민국 군대의 군의관이다.

물론 군대에 근무를 하는 군의관은 아무나 막 그 자리에 앉히는 것이 아니라 의과대를 나온 의과 교육을 받은 이들이 복무하는 것은 맞았지만, 어찌 된 일인지 이들은 군대에 있는 것만으로 제 실력을 발휘하지 못하였다.

그 때문에 부대 내에 큰 사고가 발생하면 군의관은 바로 환자를 상급 부대로 이송한다.

그런데 어제 발생한 사고는 너무 늦은 시간에 발생한 사고이고, 또 사고자가 겉으로는 별다른 상처를 가지고 있지 않았기에 일단 군의관이 출근을 할 동안 의무대 병실에 두기로 결정하고, 일단 낙뢰 사고로 인해 타들어간 군복을 잘라 버리고 숨쉬기 편한 상태로 만들어 의무대 침대에 눕혀 놓았다.

그러고 나서 의무병은 간간히 환자의 상태를 지켜보았다.

정말이지 의무병에게는 때 아닌 날벼락이었다.

부대에 의무병은 한 명뿐이다. 그렇기 때문에 근무 시간이 지나면 그 또한 쉬어야 다음날 근무를 할 수 있다.

그런데 어제 밤 낙뢰 사고로 인한 환자가 의무대에 들어오는 바람에 환자의 상태를 주기적으로 살펴봐야만 했기에 제대로 된 휴식을 취하지 못했다.

다행이라면 조금 전 출근한 군의관이 오전 시간에 휴식 시간을 주기로 약속을 했기에 의무대에 들어온 환자를 보는 것에 별다른 불만을 토하지 않았다.

만약 그렇지 않았다면 아무리 군대가 상명하복으로 돌아가는 조직이라 해도 문제가 발생할 수 있었다.

"무슨 변화 있었냐?"

아침 회의를 다녀온 군의관이 의무병인 심성현 상병에게

물었다.

"아닙니다. 아직 그대로입니다."

아직 의무대의 일과가 시작된 것이 아니지만 의무대를 찾아오는 병사나 간부들이 있었기에 업무를 보며 간간히 의무대 한쪽에 놓인 침대에 누워 있는 환자를 보던 심성현은 아직 아무런 변화가 없었다는 보고를 하였다.

"그래, 간밤엔 수고 많았다. 너도 가서 좀 쉬어라!"

"감사합니다. 단결!"

심성현 상병은 군의관이 약속대로 오전 근무를 빼주자 얼른 인사를 하고 의무대를 빠져나갔다.

하나뿐인 의무병이 떠나고 혼자 남은 군의관은 잠시 의무대 침대에 누워 있는 환자를 쳐다보다 아무런 변화가 없자 고개를 돌려 업무를 보기 시작했다.

일과가 시작되면서 의무대 밖에서 병사들이 분주하게 움직이는 듯한 작은 소음이 들리기는 했지만 그것도 잠시, 사위는 금방 조용해졌다.

그도 그럴 것이 군부대 막사는 일과가 시작이 되면 아주 조용해진다.

그 이유는 모든 업무가 막사 내에서 이루어지는 것이 아니라 야외에서 행해지기 때문이다.

그 때문에 의무대 또한 군의관인 이중성 중위가 서류를 작성하는 작은 소리 외에는 아무 것도 들리지 않았다.

아니 간간히 들리는 작은 숨소리가 있기는 했다.

어제 밤 사고로 들어온 환자의 숨소리였다.

보통이라면 그 소리는 그렇게 크게 들리지 않겠지만 너무도 조용한 공간이다 보니 숨소리도 크게 들린 것이다.

의무대 침대에는 어제 밤 낙뢰를 맞은 수현이 누워 있었다.

정말이지 수현은 천만다행으로 낙뢰에 직격을 당한 것이 아닌, 조금 떨어진 물웅덩이에 낙뢰가 떨어져 그 여파에 휩쓸린 것이었다.

비 때문에 땅이 흠뻑 젖어 있는 상태였기에 조금 떨어져 있었지만 그 여파로 수현이 감전이 된 것이었다.

만약 조금만 더 먼 곳에 낙뢰가 떨어졌다면 이런 사고는 일어나지 않았겠지만 불행하게도 낙뢰는 수현이 있는 초소에서 불과 10여 미터 떨어진 곳에 떨어졌다.

부지불식간에 일어난 일이었기에 수현은 마치 강력한 전기 충격기에 감전이 된 것처럼 아무런 사고도 하지 못하고 기절하고 말았다.

그런데 수현에게 더욱 다행스러운 일은 여느 낙뢰 사고자와 다르게 수현의 몸에는 별다른 흔적이 남지 않았다는 것이다.

낙뢰 사고자들은 몸에 강력한 전류가 흐른 화상 자국으로 인해 몹시 흉측한 상처를 입게 된다.

일명 낙뢰흔이라 부르는 이 상처는 화상이라 낫는다 하더라도 보기 흉한 상처를 남긴다.

이 때문에 낙뢰 사고 뒤에 다행히 목숨을 건지다 해도 이 낙뢰흔으로 인한 외상 후 스트레스로 정신과 치료를 받거나 심한 경우 자살을 하는 이들도 많았다.

그런데 다행이 수현은 낙뢰흔이 있기는 하지만 흔적이 아주 희미하여 자세히 보지 않는 이상 알아볼 수 없을 정도였다.

그 때문에 수현을 급하게 후송 보내지 않고 의무대에 두고 경과를 지켜보기로 한 것이기도 했다.

처음 사고 소식을 접한 김웅주 행정보급관은 수현을 의무대로 데려와 살피다 수현에게 별다른 외상이 보이지 않고 심장 박동이나 호흡이 정상인 것을 보고 일단 군의관이 올 때가지 경과를 지켜보기로 하였다.

그리고 아침에 출근한 군의관 또한 의무대에 누워있는 수현을 살피고는 그대로 경과를 지켜보기로 결정을 하였는데, 그가 아무리 전문의 자격을 받지 않았다고 해도 그 정도 판단은 내릴 수 있었다.

이중성 중위는 수현의 겉모습과 신체 반응에서 정상적인 병사들과 아무런 차이를 발견하지 못했다.

다만 아직까지 깨어나지 않는 것은 사고 당시 뭔가 다른 외적인 충격이 있었을 것이라 판단을 하고 환자가 깨어날 때까지 기다려 보기로 한 것이다.

얼마나 지났을까, 의무대 침대에 조용히 누워 있던 수현이 작은 신음을 흘리기 시작했다.

"으으!"

정신이 든 수현은 일단 자신이 쓰러지기 전 뭔가 짜릿한 것이 온몸을 훑고 지나간 것을 기억했다.

'뭐였지?'

깨어난 수현은 주변이 깜깜한 것을 느끼고 주변을 살피려 했지만 몸은 움직여지지 않았다.

그리고 결정적으로 지금 자신이 눈을 뜨고 있지 않다는 것 또한 알게 되었다.

주변에 작은 소음이 들리기는 하지만 정확히 무슨 소린지는 알지 못했기에 일단 눈을 뜨고 상황을 살펴보기로 하였다.

하지만 눈을 뜨려고 해봐도 눈은 쉽게 떠지지 않았다.

정신은 말짱한데, 어찌 된 일인지 눈을 뜰 수가 없었다.

'어떻게 된 거야!'

자신의 생각대로 신체가 움직이지 않자 답답함과 두려운 마음이 들기 시작했다.

'뭔가 잘못된 것은 아닐까?'

자신의 마음대로 움직이지 않는 눈꺼풀로 인한 답답함과 아직도 찌릿한 몸 상태로 인해 수현은 자신이 잘못되는 것은 아닌가 하는 두려움이 몰려들었다.

군대에 들어오기 전 간간히 들려오는 군부대 내에서의 사고 소식이 문득 머릿속에 떠올라 무서웠다.

'이러다 뭔가 잘못되는 것은 아니겠지? 아닐 거야!'

무서운 생각이 들기는 했지만 애써 그런 생각을 떨치려 노력을 했다.

그럴수록 몸에 힘이 더해지며 그의 입에서는 신음 소리가 점점 커져만 갔다.

급기야 어느 순간 수현은 비명을 지르며 자리에서 벌떡 일어났다.

"으악!"

"뭐, 뭐야!"

간단한 업무를 보고 어제 보다 놓은 의학 서적을 보고 있던 이중성 중위는 갑자기 들려온 비명 소리에 놀라 소리가 들린 곳을 쳐다보며 소리쳤다.

낙뢰 사고로 침대에 누워 있던 수현이 벌떡 일어나 있는 모습에 놀라 잠시 아무런 소리도 내지 않고 그 모습을 지켜보았다.

하지만 그것도 잠시, 그는 자신의 본분을 깨닫고 얼른 침대에서 내려와 수현의 곁으로 다가가 물었다.

"괜찮나? 어디 이상한 곳은 없나?"

이중성은 얼른 수현에게 다가가 어디 이상이 있는 곳은 없는지 물었다.

"네, 네. 여긴 어디죠?"

수현은 군의관이 다가와 질문을 하자 얼른 대답을 하고는 물었다. 아직 깨어난 지 얼마 되지 않아 쉽게 자신의 상황을 인지하기가 어려웠던 것이다.

그런 수현의 질문에 이중성은 차분하게 대답을 해주었다.

"여긴 의무대다. 어제 밤 초소에서 경계 근무를 하다 번개에 맞았다고 하던데, 그건 기억이 나나?"

사고 당시의 기억이 있는지 질문을 하는 이중성의 질문에 수현은 잠시 주변을 두리번거리다 자신이 기절하기 전의 기억이 떠올랐다.

"네, 뭔가 번쩍하며 밝아지더니 그 뒤로 기억이 안 납니다."

수현은 자신이 마지막으로 기억하는 것을 떠올리며 대답을 하였다.

"잠시 검사 좀 해보자."

이중성은 그렇게 수현에게 말을 하고는 연필꽂이에 있던 펜 모양의 플래시를 들고 수현의 눈에 비추었다.

이는 동공이 빛에 반응하는 것을 보는 것인데, 수현은 이중성이 하는 모양을 그냥 의사이니 그런가보다 하고 생각하며 그냥 그가 하는 것을 지켜보았다.

동공 반응 검사를 마친 이중성은 청진기를 귀에 꽂고 가슴 이곳저곳을 짚어 보고는 이번에는 수현의 뒤로 가서 딱! 딱! 손가락을 튕기며 청력을 검사했다.

기본적인 검사를 다 마친 이중성은 낙뢰 사고를 당한 환자에게서 아무런 이상 증상을 발견하지 못하자 고개를 살짝 갸웃거렸다.

하다못해 통증이 있는 부위라도 있을 것인데, 수현에게선 그런 것도 하나 없었다.

아니 방금 검사를 한 수현은 어떤 면에선 일반인보다 반응 속도가 더 좋았다.

빛에 대한 눈동자의 반응이나 청각은 일반인이라기 보단 마치 운동선수들의 반응 속도에 버금갔다.

사실 이중성은 일반적인 의학 보다 스포츠 의학에 관심이 많아 군의관으로 의무 복무가 끝나면 바로 미국으로 유학을 갈 계획을 가지고 있는 사람이었다.

그렇기 때문에 운동선수들의 신체 능력에 관해 상당히 알고 있었다.

비록 수현이 부대 내에서 태권도 조교를 하고 있는 것은 알고 있었지만, 그건 어디까지나 사회체육에 속하는 태권도지 선수를 양성하는 경기 스포츠로서의 태권도가 아니었다.

더욱이 정수현이란 이름은 한 번도 들어보지 못한 이름이다.

그러니 태권도 선수는 아니란 소리다.

그럼에도 방금 전 살펴본 결과는 이중성의 예상을 빗나간 것이었다.

그 때문에 그는 약간의 혼란을 느껴 자신을 빤히 보고 있는 수현을 앞에 두고도 자신만의 생각에 빠져 있었다.

"저, 군의관님!"

"응?"

이중성은 생각에 잠겨있다 갑자기 자신을 부르는 소리에 얼른 고개를 들었다.

"그래, 무슨 일이지?"

"저 이상이 없으면 중대로 내려가도 되겠습니까?"

전차 부대의 사병의 숫자는 무척이나 적다.

그렇기 때문에 자신 한 사람이 빠지게 된다면 다른 소대원들이 자신의 몫까지 고생을 하게 된다.

더욱이 현재 수현의 상황은 중대는 물론이고 소대 내에서도 관심사병으로 찍힌 상태다.

그런 상황에서 근무 중 사고가 터졌다.

물론 그건 수현의 잘못이 아니었다.

이는 천재지변 또는 불가항력적인 사고였다.

그렇지만 사람의 마음이란 것이 그런 것이 아니듯 수현의 잘못이 아니지만 수현이 빠짐으로써 더 많은 일을 해야 한다면 결코 기분이 좋지만은 않을 것이다.

그래서 수현은 군의관이 이상이 없다고 한다면 중대로 내려가길 원했다.

물론 군의관이 이상 소견을 낸다면 합법적으로 빠질 수 있으니 이 또한 나쁠 것은 없었지만, 일단 이상이 없는 느낌에 마음이 불편해 일단 질문을 한 것이다.

그런 수현의 생각을 읽은 것인지 이중성은 자신이 살펴본 소견을 말해주었다.

"일단 이상이 발견된 곳은 없다. 다만 사고가 사고이다 보니 며칠은 무리하지 말고 일단 휴식을 취해라!"

물론 방금 자신이 한 말이 군부대 내에서 지켜질지는 알 수는 없었지만 의사로써 일단 해줄 말은 그게 다였기에 그 대로 들려주었다.

"알겠습니다. 그럼 이상이 없는 것으로 알고 이만 중대로 복귀하겠습니다. 단결!"

수현은 일단 군의관에게서 이상이 없다는 말을 들었기에 그만 중대로 내려가기로 결정을 하고 인사를 하고 의무대를 나왔다.

*　　　　*　　　　*

똑똑!

"단결! 이병 정수현 행정반에 용무 있어 왔습니다."

수현은 의무실에서 내려오자마자 바로 보고를 하기 위해 행정반으로 왔다.

사고 당시 입었던 군복은 낙뢰의 여파로 눌러 붙어 의무 병인 심성현 상병이 잘라 버려 수현은 의무대에서 나오자마자 바로 소대로 들어가 군복을 바꿔 입고 세면을 한 뒤 행정반으로 왔다.

"단결!"

중대의 살림을 책임지는 행정보급관 앞으로 간 수현은 경례를 하였다.

"어? 그래, 벌써 내려온 것이야? 어디 이상한 곳은 없어?"

어제 밤 일직사관으로 근무를 했기에 조회가 끝나며 관사로 가려고 준비를 하던 김웅주 상사는 어제 사고를 당해 의무대에 입원을 했던 수현이 나타나자 놀랐다.

낙뢰 사고가 흔한 일은 아니지만 자칫 잘못하면 죽을 수도 있는 아주 끔찍한 사고이지 않은가. 그런데 하룻밤 자고서 멀쩡한 모습으로 돌아온 수현의 모습에 김웅주 상사는 걱정스러운 눈으로 보며 물었다.

"예, 괜찮습니다."

"그래? 일단 근취실에 가서 쉬고 있어."

근취실이란 근무 후 취침실의 줄인 말로 일직근무를 한 병사를 위해 마련된 취침을 하는 장소다.

일직근무를 한 병사는 오전 동안 근무열외를 할 수 있는데, 이때 부족한 잠을 자는 것이다.

"알겠습니다."

보고를 끝낸 수현은 행정보급관의 지시대로 행정반을 나

와 소대로 돌아갔다.

갑자기 소대에 나타난 수현의 모습에 소대원들은 물론이고 그를 본 중대원들까지 모두 몰려왔다.

조금 전에 소대에 들렸을 때는 몰골이 말이 아니었고, 미처 붙들고 물어볼 새도 없이 수현이 군복을 갈아입고 나가는 바람에 물어보질 못했었다.

"어? 너 괜찮냐?"

"의무대에서 왜 내려왔어?"

"군의관이 돌아다녀도 된다고 하던?"

여기저기서 선임병들이 수현을 붙잡고 질문을 했다.

그들이 말하는 공통된 주제는 어젯밤 낙뢰에 맞은 수현이 이렇게 돌아다녀도 되냐는 것이었다.

"군의관이 별다른 이상 없다고 중대로 내려가라고 해서 내려왔습니다. 그런데 행보관께서 아직 모르니 근취실에서 쉬고 있으라고 합니다."

신병으로서 소대 선임병들의 눈치가 보이기에 수현은 행정보급관이 한 말을 선임병들에게 들려주었다.

"그래? 그럼 어서 활동복으로 갈아입고 가서 쉬어라!"

소대 최고 선임이 수현의 말에 얼른 가서 쉬라는 말을 하였다.

"알겠습니다."

선임들에게 상황을 설명하고 활동복으로 갈아입었다.

하지만 조금 전 행정보급관에게 보고를 하기 위해 간단하게 씻기는 했지만 왠지 몸이 꿉꿉한 느낌에 수현은 관물대에서 세면도구를 챙겨 세면장으로 다시 갔다.

어제 젖은 땅바닥에 쓰러지면서 몸에 물기가 스며들었는지 몸이 간질거리는 것 같아 샤워를 하려는 것이다.

다른 부대 같으면 물 사정이 그리 좋지 못해 일정 시간이 지난 뒤에는 세면도 함부로 하지 못하지만, 수현이 있는 부대는 따로 관정을 파서 물 사정이 다른 부대보다 좋았다.

그렇기에 아무 때나 샤워를 할 수 있었다.

그렇게 꿉꿉한 몸을 씻고 속옷까지 갈아입은 뒤 수현은 행정보급관이 지시한대로 근취실로 향했다.

＊　　　＊　　　＊

〔캐릭터 정보〕

이름: 정수현
직업: 군인(이등병)
레벨: 1
경험치: 0%
특기: 태권도(4단)

힘: 22

지능: 27

정신: 12

민첩: 18

체력: 20

보너스 스탯: 0

"하! 이건 뭐지?"

수현은 중대 막사 옆 병사 휴게실 의자에 앉아 눈앞에 보이는 글자들의 정체를 알아내기 위해 고심을 하고 있었다.

하지만 아무리 생각을 해봐도 그 어떤 것도 알아낼 수가 없었다.

"이거 정말 내가 미친 것 아니야?"

얼마 전까지만 해도 애인으로부터 이별 통보를 받은 후유증에 시달렸다. 그런데다 잘 기억은 나지 않지만 낙뢰 사고까지 있었으니 정말 머리에 이상이라도 생긴게 아닌가 싶었다.

수현은 행정 보급관의 지시대로 근취실에서 오전 일과를 재끼고 쉬었다.

낙뢰 사고로 기절해 있는 바람에 오전 식사를 먹지 못했다.

그렇다고 신병이 선임의 허락도 없이, 그것도 현재 관심

사병으로 찍혀 있는 상태에서 혼자 PX를 간다는 것은 상상도 할 수 없는 일이다.

그 때문에 수현은 중식 시간이 되기도 전에 깨어 어두운 근취실에 눈만 멀뚱이 뜨고 있었다.

왜냐하면 근취실에는 수현 혼자만 있는 것이 아니었기 때문이다.

어제 일직하사 근무를 했던 정철원 병장도 함께 근취실에서 휴식을 취하고 있었다.

다행이라면 수현이 깨어난 지 얼마 되지 않아 정철원 병장도 잠에서 깨어났다는 것이다.

잠에서 깬 정철원 병장은 수현의 상태를 금방 깨닫고 그를 데리고 식당으로 갔다.

그렇게 선임의 배려로 다른 사람보다 일찍 식사를 마친 수현은 점심을 먹고 나서 이렇게 중대 휴게실에서 쉬고 있었다.

그런데 웬걸, 갑자기 이상한 것이 눈에 보이는 것이 아닌가. 그리고 그것은 자신이 어제 밤 초소 근무를 하면서 잠깐 보았던 게임의 그것과 무척이나 흡사했다.

'이게 뭐지? 갑자기 이런 게 왜 눈에 보이는 거지? 내가 미쳤나?'

수현은 보여선 안 될 것이 눈에 보이자 정말이지 미칠 것만 같았다.

한참 그렇게 자신에게 일어난 일을 고민하고 있는데, 누군가 부르는 소리가 들렸다.

"야! 뭐하냐?"

고민을 하고 있는 수현의 귓가에 자신을 부르는 소리가 들리자 그곳으로 고개를 돌렸다.

그곳에는 동기인 세현이 있었다.

"근무 가냐?"

동기인 한세현은 근무를 가려고 준비를 하던 중이었던지 군장을 착용하고 있었다.

"응, 조금 뒤 근무다."

"그래 수고해라!"

"그래, 그런데 넌 뭐 없냐?"

"뭐 없냐? 그게 무슨 말이야? 알아듣게 말을 해야지."

느닷없는 세현의 질문에 수현은 고개를 갸웃거리며 질문을 하였다.

그런 수현의 질문에 세현은 빙그레 미소를 지으며 대답을 하였다.

"영화에서 보면 막 그렇잖아! 방사능에 오염된 벌레에 물리거나, 화학 실험을 하다 이상한 물질을 뒤집어쓰거나, 번개에 맞으면 주인공들이 초능력자가 되어 슈퍼 히어로가 되던데, 넌 그런 변화 없냐고."

"큭!"

수현은 그제야 동기인 세현이 무슨 말을 하는지 깨달았다.

지금 세현은 번개에 맞아 쓰러졌던 자신을 놀리고 있었던 것이었다.

하지만 수현은 속으로 조금 뜨끔하였다.

아닌 게 아니라 지금 그의 눈에 게임에서나 보던 화면이 보이고 있기 때문에 도둑이 제 발 저리다는 말처럼 심장이 두근거렸다.

"그게 현실에서 가능이나 하겠냐? 그렇게 따지면 1년에 수천 명이 번개에 맞는다고 하던데, 그 사람들이 다 초능력자나 슈퍼맨 같은 슈퍼 히어로가 되었겠다."

"크크! 그렇지? 이 벼락 맞은 놈아!"

수현은 세현의 마지막 말에 확신할 수 있었다.

세현이 자신을 찾아와 하려던 말이 무엇인지 말이다.

"얌마! 넌 도대체 밖에서 뭔 잘못을 했기에 벼락을 맞냐?"

세현은 계속해서 수현을 보며 그렇게 놀려 댔다.

어른들이 가끔 하는 말이 있지 않은가? 흉악범이나 아주 나쁜 짓을 한 사람을 보면 '저 벼락 맞아 죽을 놈!' 하는 소리 말이다.

동서양의 신화에 보면 번개는 신이 인간의 죄에 대한 징벌의 상징으로 많이 등장한다.

그처럼 어른들은 번개에 맞을 정도로 큰 죄를 지은 사람을 보면 천벌을 받을 놈! 또는 벼락 맞아 죽을 놈! 하며 손가락질을 하는데, 지금 세현은 그것을 빗대 수현을 놀리는 중이다.

현재 수현은 중대에서 어젯밤 낙뢰에 맞아 쓰러진 사고로 인해 어느새 '벼락 맞은 놈' 이라는 별명이 붙어 있었다.

수현은 지금 자신을 놀리고 있는 동기의 모습을 보며 아마도 자신이 제대를 할 때까지 그 별명은 꼬리표처럼 붙어 다닐 것이란 불안감에 휩싸였다.

아니, 어쩌면 전역 후에도 부대 전설로 남을지도 몰랐다.

"그만 놀리고 근무나 가라!"

"하하, 내가 너무했나? 그럼 난 갈 테니 넌 소대나 올라가 봐라!"

"응, 알았다."

수현의 부대인 전차대대는 원래 간부와 사병의 수가 비슷해 소대 인원이 무척이나 적다.

그런데 수현이 어젯밤 사고로 인해 일과에서 열외가 된 상태이기에 다른 소대원들이 수현의 몫까지 나눠서 일을 하고 있는 상태다.

그런 상태에서 근무자가 빠지고 하면 일이 늘어날 수밖에 없는데, 비록 수현이 낙뢰 사고를 당했다고 해도 아침에 멀쩡한 모습으로 중대에 내려오지 않았는가. 행정보급관이 일과를 빼고 중대장까지 허락을 했다고 해도, 그건 중대 내 사고가 없기를 바라는 간부의 마음이고 업무가 늘어난 소대원들의 생각은 그게 아니다.

사병들은 눈에 보이는 것만을 믿는다.

아침에 멀쩡히 걸어 다니는 모습을 보았기에 병사들은 수현이 정상이라고 믿을 것이 분명했다.

그러니 행정보급관의 지시가 있었다고 해도, 소대에 아예 얼굴을 비추지 않으면 나중에 문제가 될 수도 있었다.

세현은 그런 것을 알려주기라도 하듯 근무를 가기 위해 막사로 내려왔다가 휴게실에 있는 수현을 보고 알려준 것이다.

그렇게 세현이 근무를 하기 위해 떠나고, 수현 역시 세현의 말도 있고 하니 소대로 올라가 볼 생각을 하고 자리에서 일어났다.

*   *   *

군인들의 일과는 보통 아침 6시 기상과 함께 시작이 된다.

6시 기상을 하여 점호를 하고 점호가 끝나면 세면과 아침 식사를 한다.

그리고 8시 반에 모여 하루 일과를 전달 받는다. 그렇게 전달 받은 일과는 9시부터 시작이 되어 12시에 점심을 먹고 다시 1시부터 오후 일과가 시작이 되고, 일과는 오후 5시 반에 끝난다.

그렇게 일과가 끝나면 6시에 저녁을 먹고 그 후부터는 개인 정비 시간이 주어지는데, 이 때는 개인 장구류를 정비하거나 계급이 되는 이들은 TV 시청을 한다.

그런데 여기서 예외가 되는 이들이 있는데, 그들은 바로 태권도 단증을 따려는 이들이었다.

군대에서는 1968년 발생했던 김신조 일당의 청와대 기습 미수 사건이 있은 뒤로 전 군에 전투력 향상이란 명목으로 태권도를 보급했다.

모든 군인들이 태권도 단증을 취득하게 방침이 정해지면서 태권도 단증이 없는 병사들을 대상으로 일과가 끝난 저녁 개인 정비 시간에 태권도를 가르쳤다.

요즘에야 무조건적으로 단증을 따야만 하는 것은 아니게 되었지만, 여전히 태권도 단증을 취득하면 특박이나 포상 휴가를 주는 등의 혜택이 있었다.

하지만 군대 태권도라는 것은 일반적인 태권도와는 다르다.

그 목적이 전쟁 시 병사의 전투력 향상을 위한 목적이기에 사회에서 가르치는 것과는 다소 차이가 있었다.

발차기도 허리 이상 올라가면 안 된다던지, 또는 무조건 각을 이루어야 한다는 것 등 참으로 이상한 것도 많았다.

특히 군대 태권도를 할 때는 체육관과 같은 시설에서 하는 것이 아니라 굵은 모래가 깔린 연병장에서 맨발로 한다던가, 겨울철에 눈밭에서 군화를 신고 발차기를 한다던가

하는 비상식적인 형태로 태권도를 가르친다.

그리고 수현은 사회에서 태권도 사범을 했다는 것이 알려지면서 부대 태권도 조교가 되어 개인 정비 시간에 불려 나와 태권도 단증을 따려는 사병들을 대상으로 태권도를 가르치고 있다.

얍! 얍!

서른 명 내외의 인원이 연병장에 모여 수현의 구령에 맞춰 발차기를 하고 기합을 질렀다.

"발가락에 힘을 주어 뒤로 넘기고 앞 축으로 차는 것입니다. 다시! 앞차기 하나!"

얍!

띠링!

한참 태권도를 가르치고 있을 때 수현의 귓가에 벨 소리와 같은 소리가 들렸다.

하지만 그 소리는 수현만 들은 것인지 수현의 앞에서 구령에 맞춰 발차기를 하고 있던 병사들은 아무런 변화도 없었다.

'뭐지?'

어디서 들린 소린지 알 수는 없었지만 그 소리에 수현은 눈을 찡그렸다.

그러자 왼쪽 눈앞에 뭔가가 떡하니 나타났다. 그것은 바로 며칠 전 낙뢰 사고 후 보게 된 게임 화면이었다.

그 동안 생활을 하면서 어느 정도 익숙해지고 또 그것을 안보이게 하는 방법도 알게 되면서 다시 일상생활로 돌아왔는데, 느닷없이 '띠링!' 하는 소리와 함께 다시 나타난 것이다.

〔캐릭터 정보〕

이름: 정수현
직업: 군인(이등병)
레벨: 2
경험치: 0%
특기: 태권도(4단)

힘: 22
지능: 27
정신: 12
민첩: 18
체력: 20

보너스 스탯: 1
보너스 포인트: 1

그런데 왼쪽 눈에 보이는 게임 화면은 처음 수현이 본 것과 뭔가 바뀌어 있었다.

수현은 레벨이 1에서 2로 바뀐 것과 아무 것도 없던 보너스 스탯에 1이라는 숫자가 있는 것이 눈에 띄었다.

'방금 전 그 소리는 레벨 업을 했다는 소리였나 보군!'

수현은 이제야 조금 전 '띠링!' 하던 소리가 레벨 업을 하면서 들린 소리임을 깨닫게 되었고, 레벨 업을 하면서 보너스 스탯에 숫자 1이 있는 것을 보면서 레벨 업을 하면 스탯이 1 올라가는 것을 알게 되었다.

그런데 수현의 눈에 전에 없던 또 하나의 표시가 눈에 들어왔다.

그것은 바로 보너스 포인트라는 것이었다.

처음 자신에 대한 정보를 볼 수 있게 되었을 때는 없었던 것인데, 레벨 업을 하면서 새로운 것이 생겨나자 다시 한 번 골치가 아파왔다.

'이건 또 뭐지?'

참으로 알 수 없는 현상이 아닐 수 없었다.

처음 상태 창을 볼 수 있게 되었을 때도 그랬지만, 아직까진 적응이 힘든 현상이 아닐 수 없다.

뭐가 뭔지 지금은 알 수 없기에 수현은 보너스 스탯과 보너스 포인트를 그냥 두기로 결정하고 현재 하고 있는 태권도 조교의 일에 집중을 하였다.

"이번에는 돌려차기입니다. 무릎을 직각으로 들고 빠르게 허리를 틀면서 무릎 관절을 폅니다. 얍!"

수현은 돌려차기의 시범을 보이며 기합을 질렀다.

확실히 10여 년을 수련한 발차기여서 그런지 비록 군대 태권도 발차기여서 조금은 다르지만 그래도 멋있고 힘차게 보였다.

그런 수현의 시범에 사병들도 발차기를 해보지만, 아직 중심을 잡는 것도 어설퍼 보이는 이들이 대부분이었다.

"구분 동작으로 보여드리겠습니다. 하나에 무릎을 올리고 둘에 허리를 틀고, 셋에 무릎을 폅니다. 자, 하나!"

수현의 구령에 다시 자세를 잡은 병사들은 조금 전 정진이 구분 동작으로 보여준 돌려차기의 모습을 그대로 따라했다.

몇 번의 구분 동작이 실시되고 어느 정도 숙달이 된 것 같자, 수현은 이번에는 연속 동작으로 이를 실시하였다.

"이번에는 이 구분 동작을 연속으로 합니다. 하나!"

"얍!"

수현의 구령이 떨어지기 무섭게 병사들은 조금 전 구분 동작으로 했던 것을 유의하며 각자 돌려차기를 해 보였다.

"좋습니다. 다시, 하나!"

처음보단 좋아진 동작이 펼쳐지자 수현은 다시 구령을 붙였다.

그리고 그렇게 몇 번의 반복 동작이 이루어지고 어느 정

스타일이드

도 시간이 지나자, 수현의 옆에 자리를 잡고 있던 간부가 중단을 시켰다.

"시간 다 되었다. 그만 마치고 중대로 복귀해라!"

"알겠습니다."

간부의 말에 수현은 대답을 하고 고개를 돌려 자신의 앞에 있는 병사들을 보았다.

"오늘은 여기까지 하겠습니다. 이번 주 토요일에 연대 본부에서 심사가 있으니 시간이 나는 틈틈이 연습을 하시기 바랍니다. 해산!"

이번 분기 태권도 심사가 이주 토요일에 실시한다는 이야기를 들었기에 미리 병사들에게 공지하는 것으로 훈련을 마쳤다.

비록 군대라는 특수한 환경 하에서 이루어진 것이긴 하지만 그래도 자신이 교육한 병사들이 잘 해냈으면 하는 마음도 있었고, 만약 심사에 통과하지 못해 추가로 훈련을 받게 된다면 조교인 수현도 그들을 가르치기 위해 나와야 하니 수현 또한 고욕이 아닐 수 없어 당부를 한 것이다.

힘든 태권도 시간이 끝나자 맨발로 발차기를 하던 병사들은 앞에 벗어 놓은 운동화를 신기 위해 아장아장 걸었다.

바닥에 깔린 굵은 모래가 밟히면서 그 고통이 상당했기에 이를 최소화하기 위해 그러한 것이다.

그럼에도 발바닥에서 밀려드는 고통은 별로 줄어들지 않았다.

병사들이 그렇게 중대로 들어가고 있을 때, 수현 또한 중대로 복귀를 하면서 조금 전 보았던 상태 창의 내용을 생각했다.

'어떻게 레벨 업이 된 것이지? 어떻게 해야 레벨 업이 되는 것이지?'

그 동안 상태 창을 꺼 놓은 상태였기에 어떤 행동을 했을 때 레벨 업을 하는지 알지 못했기에 수현은 불편하기는 하지만 당분간 레벨 업의 비밀을 알아낼 동안 상태 창을 켜두기로 결정했다.

조금 전 다른 사람들에게 태권도를 가르치는데 방해가 되어 꺼 두었던 상태 창을 다시 활성화 시켰다.

'상태 창 오픈!'

생각만으로 상태 창이 나타났다. 그런데 상태 창은 조금 전과 또 조금 바뀌어 있었다.

〔캐릭터 정보〕

이름: 정수현

직업: 군인(이등병)

레벨: 2

경험치: 5%

특기: 태권도(4단)

힘: 22

지능: 27

정신: 12

민첩: 18

체력: 20

보너스 스탯: 1

보너스 포인트: 1

레벨 업으로 0%였던 경험치가 5%로 바뀌어 있었다.

'어? 경험치가 5%가 되었네?'

어떻게 레벨 업을 하는지 알기 위해 상태 창을 당분간 활성화 상태로 두려고 했던 수현은 그 비밀을 바로 알게 되자 얼떨떨했다.

'뭐야! 조금 전 태권도 조교를 했다고 경험치가 오른 거야?'

레벨 업을 하고 자신이 한 것이라고는 태권도를 병사들에게 가르친 것밖에 없었다.

그렇다면 경험치가 5%나 오른 것은 그 일 때문이라는 것이 확실해 보였다.

태권도를 다른 사람에게 가르친 것으로 레벨 업을 했다고 하기에는 뭔가 이상했다.

처음 자신에게 상태 창이 보이기 시작을 하면서 지금까지 태권도 조교를 한 시간은 그리 많지 않았다.

하루에 경험치 5%라면 불과 며칠 만에 레벨 업을 하기에는 계산이 맞지 않았다.

사고를 당한 것이 저번 주 토요일이었다. 그리고 지금은 수요일 저녁이다.

불과 4일이라는 시간이 흐른 것인데, 1레벨에서 2레벨로 오르는 경험치가 적다고 해도 계산이 맞지 않아 수현의 머릿속을 복잡하게 만들었다.

'계산이 맞지 않아! 그럼 뭐지? 또 어떤 것을 했기에 레벨 업을 할 정도의 경험치를 얻은 것일까?'

수현은 막사로 들어가면서 계속해서 그 일을 생각했다.

그리고 그러한 고민은 점호가 끝나고 잠에 들기 전까지 계속되었다.

Chapter 3

튜토리얼

태권도 교습 시간에 레벨 업을 한 뒤 수현은 계산보다 더 많은 경험치를 얻게 된 원인을 알게 되었다.

자신이 무언가를 적극적이고 주도적으로 해내었을 때 경험치가 주어지는 것을 발견한 것이다.

그 뒤로 수현의 행동은 지금까지와는 다르게 모든 병영 생활의 행동이 적극적으로 변했다.

군대에 입대를 하기 전 주변에서 들었던 조언을 듣고 조금은 소극적이고 수동적으로 움직이던 것과는 다르게 매사에 적극적으로 임했다.

그 때문인지 소대 내에서는 물론이고 간부들 사이에서도

수현에 대한 평가가 아주 좋아졌다.

사실 애인과의 이별과 근무 중 낙뢰 사고로 수현은 알게 모르게 관심 사병으로 낙인이 찍힌 상태였다.

하지만 수현이 작은 깨달음으로 인해 생활 패턴이 적극적으로 변하면서 사병들 사이에서는 물론이고 간부들도 수현을 다르게 보기 시작한 것이다.

띠링!

― 군용 무전기 PRC―999K 교범을 정독하였습니다. 정신 스탯 1이 상승하였습니다.

비가 오는 바람에 야외에서 일과를 하지 못하고 실내에서 군대 교범을 가지고 이론 교육을 하고 있었다.

같은 병과를 가진 승조원들이 모여 교범을 가지고 하는 교육이었기에 어느 정도 자율적인 분위기에서 교육이 이루어지고 있었는데, 따로 교관이 있는 것이 아니기에 상병 이상의 선임병들은 교육에서 살짝 열외가 되어 있고, 주로 일병과 이등병들이 모여 교범을 보고 있다.

'이번에는 정신 스탯이 올랐네!'

조금 전에도 한참 교범을 보고 있을 때 알람 소리와 함께 지능 스탯이 올랐다는 신호를 받았다.

그런데 그 뒤로 얼마 지나지 않아 이번에는 정신 스탯이 오른 것이다.

'이론 공부를 하니 지능이나 정신과 같은 스탯이 오르는구나!'

태권도 교습을 할 때나 육체적으로 힘을 쓰면 힘이나 민첩과 같은 스탯이 오르고 교범과 같은 책을 읽으며 지능이나 정신 스탯이 오르는 것을 경험한 수현은 자신에게 적용되는 이 게임 시스템의 원리를 어느 정도 알게 되었다.

띠링!

— 레벨 업을 하셨습니다.

〔캐릭터 정보〕

이름: 정수현

직업: 군인(일병)

레벨: 3

경험치: 0%

특기: 태권도(4단)

힘: 24

지능: 28

정신: 13
민첩: 20
체력: 21

보너스 스탯: 2
보너스 포인트: 2

레벨이 올랐다는 소리에 수현은 자신의 상태 창을 열어보았다.

며칠 전 수현은 이등병에서 일병으로 진급하였다.

그 때문인지 직업란은 이등병에서 일병으로 바뀌어 있었다.

그뿐만이 아니라 부대 안에서 규칙적인 행동을 하는 바람에 체력도 1 올랐고, 힘과 민첩은 물론이고 조금 전 교범을 정독했다는 소리와 함께 오른 지능과 정신 스탯도 처음과 다르게 상승을 하였다.

하지만 수현은 아직까지 레벨 업으로 받은 보너스 스탯과 아직 그 용도를 알 수 없는 보너스 포인트도 사용하지 않았다.

"오프!"

잠시 자신의 상태 창을 지켜보던 수현은 그렇게 변한 스탯만 확인하고 상태 창을 닫았다.

휴식 시간을 이용해 상태 창을 확인한 수현은 교육 시간
이 다시 시작되기 전 볼일을 마치고 이론 교육을 하는 내무
반으로 달려갔다.

*   *   *

"충성! 상병 최상준 외 5명은 200x년 x월 xx일부터
zz일까지 휴가를 명 받았습니다. 이에 신고합니다."
　수현은 한 번도 입지 않은 깨끗한 새 군복을 입고, 군화
또한 얼굴이 비출 정도로 반짝반짝 닦은 것을 신고 있었다.
　수현은 입대 후 100일이 지났지만 관심 사병으로 분류가
되어 지금껏 휴가를 가지 못하고 있었다.
　그런데 낙뢰 사고 후 경험치를 위해 적극적인 군대 생활
을 하는 바람에 관심 사병 타이틀을 때고 우수 사병으로 떠
올랐다.
　그 때문에 다른 동기들 보다 빠르게 휴가를 나가게 되었
다.
　동기들은 100일 휴가를 갔다 온 지 얼마 되지 않았기에
일병으로 진급을 했지만 진급 휴가를 신청하지 않았다.
　그에 반해 수현은 다른 동기들이 모두 갔다 온 100일 휴
가를 가지 않은 때문에 일병으로 진급을 한 뒤 받는 진급
휴가를 바로 사용하였다.

더욱이 100일 휴가를 가지 않았기에 진급 휴가와 붙여 14박 15일의 긴 휴가 기간을 보내게 되었다.

하지만 군대 규정상 신병이 휴가를 나갈 때면 사고를 방지하기 위해 선임병과 함께 내보내야 했기에 잠시 휴가 일정을 조정했고, 수현의 휴가는 소대 선임 중 한 명인 최상준 상병과 함께 나가게 되었다.

그 외에도 수현이 소속된 중대는 수현과 최상준 상병뿐만 아니라 4명이 더 휴가를 나가게 되었기에 함께 중대장 신고를 하고 있었다.

"그래, 휴가 나가서 사고치지 말고, 잘 쉬다 오기 바란다. 그리고……."

중대장인 조금섭 대위는 가장 말석에 자리하고 있는 수현을 돌아보다 잠시 말을 멈췄다.

하지만 그것도 잠시 다시 이야기를 하기 시작했다.

"정수현이!"

"일병 정수현!"

수현은 중대장의 부름에 큰 소리로 대답을 하였다.

"밖에 나가서 사고치지 말고, 떠난 버스 쫓지 말고 기다리면 새로운 인연이 나타날 것이다. 알겠나?"

조금섭 대위는 수현을 보다 혹시나 수현이 이번 휴가를 나가 헤어진 애인을 찾아가 사고를 칠까 걱정이 되어 당부를 하였다.

"예, 알겠습니다."

수현은 중대장이 무슨 걱정을 하는지 알아들었다.

그런데 사실 중대장이 그런 말을 하기 전까지만 해도 정말로 자신에게 이별 통보를 하고 떠난 선혜에 대해 아무런 생각도 하지 않고 있었다.

하지만 떠난 버스라는 말 때문에 잊고 있던 선혜에 관해 떠올리게 되었다.

'음… 연예인이 되겠다고 했는데, 잘 하고 있을까?'

아무런 생각이 없다 떠오른 선혜가 남긴 말이 기억나 문득 그런 생각이 들었다.

처음 찾아와 이별을 통보하고 떠난 때는 무척이나 가슴이 아팠다.

하지만 시간이 지나고 또 큰 사고를 하번 당한 뒤로는 선혜를 한 번도 떠올리지 않았었다.

정말이지 마치 수현의 기억 속에서 누군가 지우개로 옛 애인인 선혜에 관한 부분만 지워 버린 것처럼 지금까지 한 번도 떠오르지 않았던 것이다.

그런데 조금섭 중대장의 언급으로 그녀를 떠올리자 애틋한 마음 보단 그저 담담한 마음과 함께 그녀가 자신이 말한 것처럼 잘하고 있는지 궁금해질 뿐이었다.

"그래, 무사히 돌아올 것이라 믿겠다. 가봐!"

조금섭 대위는 일과를 시작해야 하기에 휴가 보고자들의

신고를 받고 얼른 밖으로 나갔다.

중대장 신고를 마치고 다시 CP로 가서 대대장 신고를 마친 수현은 선임인 최상준 상병의 인솔을 받아 부대 밖으로 나왔다.

소대 선임인 최상준과의 동행은 거기까지였다.

최상준의 집이 철원이었기에 수현과는 정 반대 방향이었기 때문이다.

"권용해, 반석환! 수현이 잘 부탁한다."

"최상병 님 걱정하지 마십시오. 정 일병은 저희가 잘 챙기겠습니다."

"그래, 난 차가 와서 이만 먼저 간다."

최상준은 그렇게 수현보다 먼저 온 차로 인해 자신 다음으로 계급이 높은 권용해와 반석환 일병에게 수현을 부탁하고 떠났다.

최상준 상병이 떠나고 남은 이들은 잠시 뒤 도착한 시외버스를 탔다.

수현이 올라탄 시외버스는 휴가 나온 병사들이 자리에 앉기 무섭게 빠르게 출발을 하였다.

덜컹! 덜컹!

흔들리는 버스 안, 수현은 창밖으로 보이는 풍경을 쳐다보았다.

그런데 참으로 희한한 것이 부대 안에서 보는 풍경이나

버스 창밖으로 보는 풍경이나 같은 모습이었지만 그 느낌만
은 하늘과 땅만큼이나 차이가 컸다.

그렇게 한참 창밖의 풍경을 보고 있는데, 수현의 눈에 이
상한 것이 보였다.

왠 별표가 노란빛으로 반짝이고 있는 것이 아닌가?

'언제부터 저런 게 있었던 것이지?'

수현은 언제부터 그런 것이 있었는지는 모르겠지만 눈에
한 번 보이자 여간 신경 쓰이는 것이 아니었다.

'아 씨 뭐야!'

자꾸만 반짝이는 것이 신경이 쓰이자 그것에 정신을 집중
했다.

정신을 집중하면 시스템이 활성화 된다는 것을 알기에 이
제는 자연스럽게 행동한 것이다.

그리고 수현이 별표에 집중하자 그것이 정체를 드러냈
다.

띠링!

— 튜토리얼을 시작하겠습니다.

'튜토리얼? 그게 뭐지?'

한 번도 게임을 해본 기억이 없기에 튜토리얼이 무엇을
말하는 것인지 알지 못하는 수현은 시스템이 보여주는 튜토

리얼이란 것에 정신이 없었다.

부웅!

수현이 그렇게 새롭게 발견한 튜토리얼에 관해 살펴보기 시작했다.

— 인생 게임 스타 라이프를 진행하기 위한 가이드입니다.

시스템이 본격적으로 튜토리얼을 진행하자, 수현은 정신은 없지만 우선 이에 집중하기로 하였다.

띠링!

— 상태 창을 확인하세요.

수현은 튜토리얼이 지시를 하는 대로 상태 창을 열었다.

'상태 창!'

띠링!

— 경험치 100을 얻었습니다.

띠링!

― 레벨 업을 하셨습니다.

〔캐릭터 정보〕

이름: 정수현
직업: 군인(일병)
레벨: 4
경험치: 0%
특기: 태권도(4단)

힘: 24
지능: 28
정신: 13
민첩: 20
체력: 21

보너스 스탯: 3
보너스 포인트: 3

튜토리얼에서 지시하는 대로 상태 창을 열자 경험치 획득과 함께 레벨이 올랐다는 신호를 받았다.
'헐! 레벨 업이 이렇게 쉬운 것이었나?'

수현은 방금 전 겨우 시키는 대로 상태 창을 열어본 것으로 레벨 업을 한 것에 놀랐다.

띠링!

— 힘 스탯을 1 올리세요. TIP : 근력운동을 하면 힘 스탯이 오릅니다.

수현은 새롭게 퀘스트가 갱신이 되자 눈을 반짝였다.

'그런 것이었군!'

이미 수현은 튜토리얼에서 알려주기 전부터 스탯이 올랐던 경험이 있었다.

하지만 정확하게 스탯이 어떻게 오르는지 알게 되자 자신의 예상이 맞다는 것을 확인하고 입가에 미소가 그려졌다.

이른 아침 시외버스라 그런지 승객은 군인들 외에는 거의 없었다.

버스 안에 사람들이 별로 없다는 것을 확인한 수현은 버스 좌석에 양손을 짚고 엉덩이를 들어 올리고는 양발을 들었다.

그렇게 되자 의자를 짚은 두 손에 온몸의 무게가 집중되었다.

"후욱!"

작게 심호흡을 하고 양팔을 살짝 구부렸다 펴기를 반복

했다.

따로 근력 운동을 할 만한 여건이 되지 않기에 이런 식으로 운동을 하는 것이다.

부대에서 시외버스 종점인 불광동까지는 1시간 30분 정도의 시간이 걸렸고, 그 안에 할 것이라고는 아무것도 없기에 수현은 지루한 그 시간에 튜토리얼을 마스터할 생각이었다.

띠링!

얼마나 지났을까, 퀘스트를 완료했다는 벨소리가 울렸다.

벨소리가 들리고 상태 창에는 24였던 힘 스탯이 25로 바뀌어 있었다.

그리고 경험치도 20%로 바뀐 것이 눈에 보였다.

띠링!

— 민첩 스탯을 1 올리세요. TIP : 100m를 14초에 통과하세요.

조금 전에는 힘 스탯을 어떻게 올리는지 알려주기 위한 퀘스트였다면, 이번에는 민첩 스탯에 관해 알려주는 퀘스트인 듯했다. 하지만 현재 수현이 있는 곳은 달리기를 할 수 있는 여건이 되지 않았다.

버스 안에서 달리기를 한다는 것은 말도 되지 않는 일이기에 수현은 잠시 고민을 하다 꼼수를 생각해 냈다.

'달리기를 하지 못한다면 현재 가지고 있는 보너스 스탯을 이용해 민첩 스탯을 올리면 되지 않을까?'

시스템은 민첩 스탯을 올리라고만 했지 어떻게 올리라고 명확하게 지시한 것은 아니니 아직 사용하지 않고 모아두었던 보너스 스탯을 이용할 생각을 한 것이다.

〔캐릭터 정보〕

이름: 정수현
직업: 군인(일병)
레벨: 4
경험치: 20%
특기: 태권도(4단)

힘: 25
지능: 28
정신: 13
민첩: 21
체력: 21

보너스 스탯: 2

보너스 포인트: 3

   생각이 일자 수현은 과감하게 보너스 스탯을 1 사용해 민첩 스탯을 1 올렸다.
   띠링!

   — 민첩 스탯이 1 올랐습니다. 퀘스트가 완료되었습니다. 경험치 100이 오릅니다.

   알람과 함께 퀘스트가 완료 되었다는 신호가 떴다.
   예상대로 스탯만 올리면 되는 것이었다.
   보너스 스탯을 이용했는데도 퀘스트도 완료가 되고 경험치도 올랐다.
   민첩 스탯을 올리라는 퀘스트가 끝나고 계속해서 스탯에 관한 퀘스트가 주어졌다.
   하지만 수현은 더 이상 그 퀘스트들을 완료하지 않았다.
   아직 보너스 스탯이 1 남아 있었지만 그것을 사용한다고 해서 남은 퀘스트를 모두 완료할 수 없기에 굳이 보너스 스탯을 사용하기가 아깝다는 생각이 들었기 때문이다.
   띠링!

   — 포인트 상점을 이용해보세요.

'응? 포인트 상점?'

수현은 포인트 상점이란 말에 눈을 반짝였다.

레벨 업을 하면 보너스 스탯과 함께 보너스 포인트가 1 주어졌다.

지금까지는 이 포인트가 어디에 쓰이는지 알지 못했는데, 수현은 직감적으로 그것이 이 포인트 상점에서 이용되는 것이라는 것을 알아채고 관심을 보인 것이었다.

— 포인트 상점을 이용하기 위해선 보너스 포인트가 1 필요합니다.

'포인트 상점 오픈!'

상태 창을 오픈했던 것처럼 포인트 상점을 떠올리며 오픈이라 생각을 하였다.

포인트 상점을 오픈하자 상태 창이 사라지고 새로운 것들이 눈에 보였다.

그것은 마치 인터넷 쇼핑몰과 같은 구조의 창이었다.

'신기하네!'

수현은 포인트 상점을 돌아보며 상점 안에 어떤 것들이 있는지 둘러보기로 하고는 스탯을 올릴 때와 다르게 차분한 마음으로 그것들을 살폈다.

'스포츠, 예술… 어떤 것을 고르지?'

포인트 상점에는 여러 가지 카테고리가 보였고, 그 안으로 들어가면 도다시 여러 목록이 보였다.

그 때문에 수현은 쉽게 어떤 것을 고를지 판단할 수가 없었다.

그렇게 한참을 고민하던 수현의 눈에 언어 영역 중 영어가 눈에 띄었다.

사실 대한민국에서 성공을 하기 위해선 외국어 한두 개는 해야만 한다.

비록 수현은 최종 학력이 고등학교가 끝이지만 외국어, 그것도 영어는 꼭 필요하다 생각하는 사람 중 하나다.

최종 학력이 고졸이라도 영어만 잘하면 사람들이 무시하지 않을 것이란 판단 때문이었다.

사실이 그렇기도 했는데, 다른 영역에서의 점수보다는 영어와 관련한 시험 점수를 통해 취직 등에서 그 사람을 판단하는 것이 현 세태였다.

그렇기 때문에 대학을 가지 못한 수현도 영어를 잘하게 된다면 사람들이 자신을 다르게 평가할 것이란 생각에 영어를 선택하였다.

띠링!

— 포인트 상점에서 1포인트를 소비하여 외국어(영어)를

구입하였습니다.

— 스킬 목록에 외국어(영어)가 등록되었습니다.

영어를 선택해 포인트를 소비하자, 수현은 또 다른 새로운 것이 생겨난 것을 발견할 수 있었다.

'스킬?'

시스템은 참으로 신기한 것이란 생각이 들었다.

낙뢰 사고 후 자신에게 벌어진 이 신기한 현상은 레벨 업이라는 게임적인 요소와 함께 이제는 외국어도 스킬로 가지게 된 것이다.

'스킬 사용!'

수현은 시스템으로 얻어진 영어가 어느 정도 수준인지 확인해 보고 싶은 생각에 곧바로 스킬을 사용해 보았다.

'응? 뭐지?'

스킬을 사용했지만 아무런 변화가 느껴지지 않았다.

그 때문에 수현은 잠시 공황상태에 빠지고 말았다.

힘 스탯이나 민첩 등 스탯이 변했을 때는 뭔가 변화가 느껴졌었다.

그런데 스킬을 사용했는데 아무런 변화가 느껴지지 않는 것 때문에 당황한 것이다.

'왜 변화가 없는 것이지?'

띠링!

— 포인트 상점을 이용하셨습니다. 경험치 300을 얻으셨습니다.

띠링!

— 레벨 업을 하셨습니다.

〔캐릭터 정보〕

이름: 정수현
직업: 군인(일병)
레벨: 5
경험치: 0%
특기: 태권도(4단)

힘: 25
지능: 28
정신: 13
민첩: 21
체력: 21

보너스 스탯: 3
보너스 포인트: 3

레벨 업을 알리는 알람 소리와 함께 상태 창이 열렸다.

수현은 스탯 포인트가 다시 3이 된 것을 볼 수 있었다.

그러자 조금 전에 스탯이 부족해 뒤로 미루었던 퀘스트를 다시 진행하기로 하였다.

지능, 정신, 체력 3가지 스탯에 각각 1스탯씩 올리며 시스템이 주었던 퀘스트를 완료하였다.

그렇게 되자 수현의 스탯은 최종적으로 힘25, 민첩22, 지능29, 정신14, 체력22와 보너스 포인트3이 되었다.

생각 같아서는 보너스 포인트3을 모두 사용하고 싶었지만 아직 포인트를 사용해 구입한 영어의 효능을 제대로 확인하지 못했기에 포인트를 함부로 사용하기가 꺼려져 포인트는 그냥 남겨두기로 하였다.

띠링!

— 튜토리얼을 모두 마치셨습니다. 정수현 님의 스타 라이프가 본격적으로 시작됩니다. 앞으로 주어질 퀘스트를 성공적으로 수행하여 최고의 슈퍼 스타가 되시기를 기원합니다. 성공적으로 튜토리얼을 완료하셨기에 1레벨이 업 되셨습니다.

띠링!

— 레벨 업 하셨습니다.

튜토리얼 진행에 따라 스탯을 올리고, 또 레벨 업으로 주어진 보너스 포인트를 사용해 포인트 상점에서 스킬을 구입하였다.

그렇게 튜토리얼이 모두 끝나자 시스템은 또 다시 레벨 업이란 보너스를 주었다.

원래 튜토리얼은 게임을 시작할 때 플레이어에게 게임을 이용하는데 편의를 제공하기 위해 가이드로 주어지는 것이다.

즉 그 말은 수현이 낙뢰 사고로 이 게임 시스템이 주어졌을 때 수행을 했어야 할 것이었는데, 게임이란 것을 한 번도 해보지 못했던 수현이기에 이러한 사실을 알지 못했고, 또 뒤늦게 튜토리얼을 발견하는 바람에 이제야 하게 된 것이었다.

Chapter 4

휴가

휴가를 나온 수현은 시외버스가 불광동 시외버스 정류장에 도착하자마자 집으로 달려가고 싶었지만 그럴 수 없었다.

함께 휴가를 나온 선임인 반석환과 권용해 일병이 최상준 상병이 부탁했던 것처럼 첫 휴가를 나온 수현을 위해 이것저것 챙겨준다며 시외버스 터미널 인근에서 술을 사주었기 때문이다.

사실 수현은 술을 그렇게 잘 마시는 편이 아니었다.

술도 군대에 가기 전 몇 번 마셔본 것이 전부일 정도로 술을 잘 하지도 못했다.

그나마 술은 어른에게 배워야 주사가 없다는 말처럼 군대 가기 전 태권도 도장의 관장에게서 술을 받아 술 매너는 깨끗했다.

그렇게 반석환과 권용해 일병의 권유 아닌 권유 때문에 수현은 정말이지 처음으로 필름이 끊기는 경험을 하였다.

두 사람이 사준 술은 알콜 도수가 높지 않은 맥주였지만, 그 양이 문제였다.

세 명이서 무려 3만cc 이상을 마셨던 것이었다.

처음에는 생맥주 500cc로 시작을 했지만, 마시는 족족 계속해서 맥주를 시키더니 결국 1인당 1만cc 이상을 마셨다.

그럼에도 권용해 일병과 반석환 일병은 무슨 술과 원수가 된 것 마냥 계속해서 술을 시키려 했다.

오전 중대장 신고와 대대장 신고를 마치고 부대를 나와 시외버스를 타고 불광동에 도착한 것이 오전 11시였다.

부대 안이라면 아직 중식, 즉 점심을 먹기 전이었겠지만, 이들은 휴가를 나간다는 생각에 아침을 먹지 않고 굶었다.

이는 군인이라면 모두 비슷할 것이다.

휴가를 나가면 맛난 음식이 지천으로 깔렸는데, 군대 짬밥을 먹을 군인은 없을 것이기에 반석환이나 권용해 일병은 물론이고 정수현 또한 마찬가지로 아침을 먹지 않았다.

원칙적으로 군인은 자신이 식욕이 없다고 해도 정해진 일정에 맞게 식사를 해야 하지만 이런 정도는 유도리 있게 간부들도 넘어간다.

그런 관계로 이들은 11시쯤 불광동에 도착하자 허기가 져서 아침 겸 점심으로 자장면을 곱빼기로 먹고 그 뒤로 무려 5시까지 술을 마신 것이다.

비록 맥주였지만 다섯 시간을 마시다보니 취기가 올라오지 않을 수 없었다.

그나마 수현이 첫 휴가였기에 그 정도에 그쳤지, 그렇지 않았다면 아마 더 오랜 시간 붙잡혀 술을 마셨을 것이다.

하지만 문제는 그것이 아니었다.

입대를 하고 단 한 번도 술을 입에 대지 않았던 수현이었다.

그런데 갑자기 많은 양의 술을 마시다보니 취기가 올랐다.

더욱이 한 여름은 아니더라도 아직 늦여름에서 초가을 정도로, 낮의 날씨는 무척이나 더웠다.

그러하였기에 지하철을 타고 집으로 향하던 수현은 취기와 함께 구역질이 올라와 급하게 중간에 지하철을 내려 역내 화장실로 향했다.

화장실에 들어간 수현은 변기에 고개를 숙이고 구역질을 하였다.

"우욱! 우욱!"

속이 울렁거리는 느낌이 너무 좋지 못해 수현은 얼른 속에 있는 것을 쏟아내고 싶어 억지로 구역질을 하였다.

하지만 먹은 것이라고는 점심에 먹은 자장면과 맥주, 그리고 술안주로 먹은 과일 몇 조각과 마른안주 조금뿐이라 나오는 것이라고는 맥주와 위액 그리고 잘게 믹싱 된 음식물 찌꺼기 조금이었다.

"으으!"

한바탕 쏟아낸 수현은 다리에 힘이 풀려 그만 변기를 붙잡고 쓰러졌다.

그리고 쏟아지는 졸음에 지금 자신이 있는 곳이 화장실이란 것도 잊고 잠이 들고 말았다.

사회에 있을 때는 감히 상상도 못했던 일이지만 현재 술에 취해 잠이든 수현은 그런 것도 잊고 변기를 붙들고 잠이 들었다.

쿵! 쿵!

"안에 누구 있어요?"

화장실 문을 두드리며 누군가 부르는 소리가 들렸다.

"어?"

소음에 눈을 뜬 수현은 잠시 어리둥절하며 주변을 살폈다.

그리고 자신이 화장실에 들어와 구역질을 하다 그만 잠이 들었다는 것을 기억해 냈다.

부스럭!

얼른 자리에서 일어난 수현은 입을 한 번 훔치고 옷매무새를 가다듬었다.

잠들기 전 구역질을 하였기에 혹시나 입 주위에 이물질이 묻어 있지는 않을까 하는 우려에서 그러한 것이다.

옷매무새를 가다듬고 얼른 화장실 문을 열고 나갔다.

잠겨 있던 화장실 문이 열리고 군인이 나오자 밖에서 문을 두드리던 아주머니가 위아래로 훑어 보았다.

청소를 하기 위해 들어왔던 아주머니가 잠겨 있는 화장실 문 때문에 청소를 마무리하지 못하고 있던 것이었다.

수현은 화장실에서 잠이 들었다는 것이 왠지 창피한 마음에 얼른 화장실을 박차고 뛰어나갔다.

하지만 수현의 고행은 그것으로 끝이 아니었다.

날이 덥다보니 불광동에서 신림동까지 오는 동안 수현은 2번이나 더 지하철을 내려 지하철 화장실에서 구토를 해야만 했다.

*   *   *

"단결!"

5개월여 만에 뵙는 부모님을 부고 경례를 하였다.

수현의 부대 경례 구호가 단결이었기에 수현은 절도 있는 목소리로 경례를 하였는데, 그런 아들의 모습에 수현의 부모님은 한동안 말을 하지 않고 수현을 빤히 쳐다보았다.

몇 달 전까지만 해도 뭔가 밖에 내놓기 뭔가 불안한 아들이었다.

하지만 군대에 간 몇 달 사이 많이 바뀌어 있었다.

지금까지 단 한 번도 흐트러진 모습을 보이지 않았던 아들의 몸에서 약간 술 냄새가 나는 것도 어찌 보면 사내다운 모습으로 보이기까지 하였다.

"그래, 어디 아픈 곳은 없지?"

수현의 경례에 먼저 입을 뗀 것은 수현의 어머니였다.

아무리 자식이 장성해도 어머니에게는 물가에 내놓은 아이일 수밖에 없는 것이 부모 마음 아니겠는가. 그 때문인지 씩씩하게 자신을 보며 경례를 한 수현이지만, 어머니는 가장 먼저 아들의 건강을 물어온 것이다.

"아픈 곳이라니요. 저 잘 먹고 군 생활 잘하고 있어요."

원래 군대란 '다' 나 '까' 와 같이 딱딱 끊어지는 말로 해야 하지만, 아직 수현은 그것이 익숙하지 않은 것인지 자신을 걱정하는 어머니를 보며 부드럽게 대답을 하며 포옹을 하였다.

그런 수현의 모습에 그 모습을 지켜보던 수현의 아버지도 포옹을 하고 있는 두 모자를 살며시 감쌌다.

한 가족이 한 덩이가 되는 모습이었다.

사실 자신이 어머니를 포용하고 금방 풀려고 했던 수현은 포용을 하고 있는 자신을 다시 포용을 하는 아버지로 인해 한동안 그대로 멈춰 있었다.

'아버지도 감상적이 되셨네!'

정말이지 지금까지 아버지가 이런 모습을 보인 것은 단 한 번도 없었다.

언제나 폼생폼사를 하시는 아버지는 언제나 남자다운 모습이었지, 누군가를 감싸고 포용을 하는 스타일은 아니었다.

물론 수현이 자신의 아버지를 오해했을 수도 있었지만 20살 인생을 살아오면서 한 번도 그런 모습을 본 기억이 없기에 참으로 생소했다.

그렇게 조금은 어색한 모습으로 현관 앞에서 한 덩이가 되었던 수현의 가족은 얼른 신색을 회복하고 집안으로 들어갔다.

"저녁은 먹었니?"

"아직이요. 엄마, 나 배고파요."

"그래 알았다. 얼른 씻고 주방으로 와라!"

벌써 저녁 8시가 넘었지만 아직 저녁밥을 먹지 못했다는 수현의 말에 어머니는 얼른 준비를 한다며 주방으로 들어갔다.

"내! 금방 씻고 올게요."

수현은 대답을 하고 자신의 방으로 달려갔다.

군복을 환복하고 화장실로 들어간 수현은 지하철 화장실에서 바닥에 쭈구리고 잠이 들었던 기억이 떠오르자 온몸에 벌레가 기어 다니는 듯한 느낌이 들었다.

쏴아!

찜찜한 기분에 샤워를 한 수현은 수건과 갈아입은 군복을 세탁기에 집어넣었다.

드르륵!

샤워를 마친 수현은 주방으로 향했다.

그런데 식탁에는 자신의 밥뿐만 아니라 두 명분의 식사가 더 차려져 있었다.

'어!'

수현은 식탁 위의 모습을 확인하고 자신이 무슨 실수를 했는지 그제야 알 수 있었다.

부모님은 자신이 휴가를 나온다고 해서 늦은 시간이었지만 아직까지 저녁을 드시지 않고 기다리고 계셨던 것이다.

그런 것을 확인한 수현은 왠지 죄송한 마음이 들었다.

"아빠, 엄마도 아직 저녁 안 드시고 계셨던 거예요?"

"으응, 일이 좀 늦게 끝나서……."

수현의 물음에 기다리고 있었다는 말을 하는 것이 뻘쭘했던 수현의 아버지는 다른 핑계를 댔다.

하지만 수현은 그 말 속에서 자신을 기다리고 계셨다는

것을 여실히 느낄 수 있었다.

"헤헤, 배고파요. 어서 아빠 먼저 수저를 드세요."

왠지 코끝이 찡해지는 느낌이 드는 수현은 그렇게 아버지를 재촉하였다.

"그래, 당신도 어서 자리에 앉아!"

냉장고에서 이것저것 반찬을 꺼내느라 아직 자리에 앉지 않은 부인을 향해 아버지가 말을 하였다.

"엄마! 자리도 이젠 없어요. 그만 꺼내고 식사하세요."

수현도 아버지를 따라 어머니를 불렀다.

"그래, 먼저들 먹어!"

수현의 재촉에도 수현의 모친은 오랜만에 휴가를 나온 수현에게 먹이려고 이것저것 반찬들을 꺼내 식탁에 올렸다.

수현이 좋아하는 불고기부터 계란말이까지 마치 잔칫상 같이 한가득 식탁 위에 준비한 요리들이 올라왔다.

한참 분주히 움직이던 어머니도 자리에 앉아 저녁을 먹으며 오랜만에 모인 가족들이 이야기꽃을 피웠다.

그리고 이야기의 주제는 자연스럽다면 자연스럽게도 수현의 군대 생활 이었다.

"뭐? 그게 정말이야?! 어디 이상한 곳은 없니?"

이야기를 하다 보니 급기야 몇 달 전 있었던 사고 이야기를 하게 되었다.

원래는 부모님이 걱정을 할까봐 이야기를 하지 않으려 했는데, 그만 오랜만에 부모님들과 있다는 안도감에 조금은 긴장을 놓은 것인지, 아니면 아직 낮에 마셨던 술기운이 남아 있었던 것인지 그만 실수를 하고 말았다.

수현에게서 벼락을 맞았다는 이야기를 들은 수현의 모친은 큰 충격에 손을 덜덜 떨며 수현의 손을 잡으며 물었고, 수현의 아버지 또한 말은 하지 않았지만 걱정스러운 눈빛으로 수현을 쳐다보았다.

"하하 지금 보시잖아요. 저 아무렇지도 않아요. 아니, 오히려 군대에 가기 전보다 더 튼튼해 졌는걸요."

수현은 실수로 말을 하는 바람에 걱정을 하시는 부모님을 보며 괜히 죄송한 마음이 들어 조금 오버를 하며 양팔을 들어 뽀빠이가 힘자랑을 하듯 가슴에 힘을 주며 알통을 보였다.

그런 수현의 모습에도 부모님의 걱정스러운 눈빛은 지워지지 않았다.

그런 부모님의 모습에 수현은 더욱 웃으며 자신이 멀쩡하다며 너스레를 떨었다.

"엄마! 그런데 나 번개에 맞고 머리가 똑똑해졌나 봐요. 자, 보세요."

안 되겠는지 수현은 계속해서 자신을 걱정하는 부모님을 안심시켜드리기 위해 영어 스킬을 테스트하려 사가지고 온 영자 신문을 가져와 읽기 시작했다.

최근 이슈가 되는 한미 FTA에 관한 뉴스였는데, 한글은 한 글자도 없고 모두 영어로 된 영자 신문이었다. 수현이 막힘없이 그것을 읽어가자 낙뢰 사고에 걱정스러운 눈빛으로 아들을 보던 수현의 부모는 영자 신문을 술술 읽는 아들의 모습에 이번에는 놀란 눈으로 두 눈을 동그랗게 떴다.

학창시절 수현은 문제아는 아니었지만 그렇다고 공부를 잘하는 우등생도 아니었다.

그러한 아들의 능력을 잘 알고 있는 수현의 부모는 수현이 군대에 가더니 영어를 술술 말하는 것에 놀라워하였다.

"너, 언제 그렇게 영어를 잘하게 된 거야?"

수현의 모친은 영자 신문을 막힘없이 읽어가는 아들의 모습에 놀라 물었다.

"정말이라니까? 벼락을 맞고 난 뒤 머리가 똑똑해진 것 같아. 못 믿겠으면 다른 것도 함 물어봐."

어머니의 물음에 수현은 난 모든 것을 알고 있다는 듯 턱을 치켜 올리며 자신감 있게 대답을 하였다.

그런 아들의 모습에 지금까지 한 번도 이런 아들의 모습을 본 기억이 없던 수현의 부모는 정말이지 이 믿기지 않는 소리를 믿어야 할지, 아니면 농담으로 들어야 할지 갈피를 잡을 수가 없었다.

다만 큰 사고를 당했지만 지금은 어디 아픈 곳 없이 건강하다는 것은 느낄 수 있었으며, 그것으로 감사한 마음이 들었다.

"그래, 우리 아들 똑똑해졌네!"

"맞아요. 조상님이 도우셨네요."

아버지는 수현이 영어를 술술 말하는 것에 기뻐하였고, 어머니는 사고에도 몸 건강하다는 것에 감사하였다.

*　　　*　　　*

휴가 이튿날이 되자 수현은 바빠졌다.

어제 밤 세탁을 한 군복이 마르기 무섭게 군복으로 갈아입고 친척집을 방문하였다.

군인은 휴가를 가면 규정에 의해 군복을 입고 외출을 해야만 한다.

물론 그것이 모두 지켜지는 것은 아니지만, 첫 휴가 때는 군기가 바짝 들어 있는 때라 규정을 잘 지키는 것도 있고, 또 첫 휴가이기 때문에 친척들 집을 방문할 때 용돈을 쉽게 받기 위해 군복을 입고 가기도 하는 것이다.

군인이란 것이 많은 부분에서 마이너스가 되기도 하지만 성인이 합법적으로 어른들에게 용돈을 받을 수 있는 마지막 때이기에 군인의 상징인 군복을 입고 친척집을 방문하는 것은 당연했다.

수현도 지방에 있는 친척집은 방문하지 않았지만, 서울과 경기 일대의 가까운 곳에 있는 친척집은 모두 방문을 하였다.

그리고 당연하게도 수현이 첫 휴가를 나왔다는 것에 순순히 지갑을 열었다.

많은 금액은 아니지만 십시일반이라고 여러 친척집을 방문하자 꽤 많은 돈이 모였다.

무려 100만 원이 넘는 돈이 생긴 것이다.

하지만 수현은 친척들이 준 용돈을 흥청망청 쓰는 것이 아니라 모두 통장에 예금을 하였다.

현재 수현은 휴가를 나와 해방감에 유흥을 즐기기 보단 자신에게 적용된 게임 시스템을 더욱 활용하는 것에 관심이 쏠려 있었기 때문이다.

휴가를 나오는 시외버스 안에서 튜토리얼 모드를 경험하면서 스탯이 올라가면서 느껴지는 고양감을 느꼈기에, 이후에도 수현은 레벨 업과 스탯을 모으는 것에 집중을 하였다.

그래서 휴가 이튿날과 셋째 날을 친척집 방문에 할애하였다면, 넷째 날 부터는 군 입대 전 보조 사범을 하던 태권도 도장을 찾아 일반부와 운동을 함께 하였다.

수현이 다니던 태권도 도장은 인근 학교와 결연을 맺고 선수도 양성을 하는 곳이다.

그러다 보니 도장 사범이 코치 역할도 함께하고 있어 일반 관원들을 가르치기 위해 보조사범을 두고 있었다.

그 자리를 입대 전 수현이 하였는데, 수현이 입대를 한 뒤엔 수현의 후배가 하고 있었다.

하지만 경험이 적은 수현의 후배는 수석 사범이 없는 타임에 관원을 가르치는 것에 무척이나 힘겨워하고 있었는데, 수현이 휴가 기간 보조를 해주니 좋아하였고, 관장 또한 수현이 휴가 기간임에도 도장에 나와 운동도 하고 또 관원들도 봐주는 것에 고마워하였다.

팡! 팡!

얍! 얍!

저녁 타임이 되자 어린 학생들은 없고 이제는 고등부와 대학생, 그리고 성인부가 운동을 하기 위해 태권도 도장을 찾았다.

수현도 이제는 보조를 하지 않고 본격적으로 관원들 사이에 껴 운동을 시작했다.

영화나 소설에 보면 이런 말이 나온다.

가르치면서 배운다고, 수현에게도 그런 현상이 벌어졌다.

후배를 보조해 주면서 몇 달 전까지 자신이 가르치던 아이들을 가르쳤다.

군대에서도 군인들의 태권도 단증을 딸 수 있게 교습을 해주고 있었지만, 군인들을 가르칠 때와는 또 다르게 어린 아이들을 가르치다보니 많은 것을 깨닫게 되었다.

그리고 그것들은 시스템에 적용이 되어 수현의 스탯을 올

스라이프

려주는 역할을 하였다.

띠링!

— 태권도 스킬이 1레벨 상승하였습니다. 보다 빠르고 정확한 발차기를 할 수 있게 되었습니다.

방금도 별거 아니었지만 어설픈 발차기를 하고 있는 일반인 관원의 자세를 교정해 주고 있었는데, 알람과 함께 태권도 스킬이 레벨 업을 하였다.

이 스킬은 수현이 포인트 상점에서 구입한 스킬은 아니었다.

그런데 태권도 도장에서 아이들을 가르치고 또 연습을 하는 과정에서 태권도가 자동으로 스킬로 등록이 된 것이었다.

수현은 처음에는 이런 현상에 무척이나 당황했다.

포인트 상점을 통하지 않고 스킬을 등록할 수 있다고는 전혀 생각지 못했던 것이다.

하지만 다르게 생각하니 굳이 이것도 나쁘지 않다는 생각이 들었다.

레벨 업을 하여 어렵게 얻은 포인트를 소비하지 않고 자동으로 생성이 된 것이니 포인트 한 개를 번 것이란 생각 때문이다.

그러면서 수현은 또 다른 것을 알게 되었는데, 영어도 굳이 포인트 상점을 통해 구입할 필요가 없었다는 것이다.

물론 포인트를 소모하여 구입하면서 보다 쉽게 영어를 할 수 있게 된 것이라, 어렵지 않게 외국어를 할 수 있게 된다는 장점이 있기도 했으니 그것은 그것대로 좋은 일이다.

하지만 수현은 노력을 해도 스킬을 얻을 수 있는 것은 굳이 포인트를 사용하여 배우지 않겠다는 마음을 먹었다.

* * *

다라락! 탁! 탁!
띠링!

— 레벨 업을 하셨습니다.

일직하사 근무를 하던 수현은 늦은 시간 별로 할 것도 없기에 후임들을 위해 낡은 교범을 새롭게 타이핑하고 있었다.

원칙적으로 교범을 사사로이 복사를 하거나 이렇게 타이핑을 하여 새로 만드는 것은 군 규정에 위반이지만, 부대별로 몇 개 없는 교범으로 병사들을 교육시킨다는 것은 사실 불가능하다.

스탯라이트

그래서 공공연하게 복사를 하여 가르친다.

하지만 수현처럼 손수 교범을 보면서 타이핑을 하지는 않는다. 간단하게 복사를 하면 되는 일을 손으로 타이핑을 하여 인쇄를 하는 것은 여간 불편한 것이 아니기 때문이다.

그렇지만 수현은 이런 불편한 것을 잘 알면서도 손수 타이핑을 하여 교범을 만들고 있었는데, 그 이유는 복사를 하는 것 보단 깨끗하기 때문이다.

군 규정상 밖으로 가지고 나가 책을 만들 수 없다보니 손으로 타이핑을 하는 것이 가장 깨끗하게 교범을 새로 만드는 것이다.

어차피 전역도 한 달 정도 남아 있어 중대에서도 수현이나 수현의 동기들에게 별로 일을 시키지 않고 있었다.

그러니 딱히 할 일도 없어 솔선하여 이렇게 교범을 만들고 있던 것이다.

사실 수현의 부대에선 그 말고도 전역이 얼마 남지 않은 고참들이 이렇게 후임들을 위해 뭔가 남겨주는 전통이 있었다.

어떻게 보면 자신이 이 부대에 왔다 갔다는 흔적을 남기려고 그런 것인지, 어떤 마음에 그런 것인지는 모르겠지만 어느 순간부터 부대에 이런 전통이 생겼다.

누가 강요를 한 것은 아니지만 함께 고생을 했던 후임들을 위해, 그리고 자신이 부대를 나간 뒤에도 남아 고생을 할 후임들이기에 조금이나마 도움이 되길 바라는 마음에서 이렇게 하는 것이다.

수현의 동기 중에는 후임들을 위해 중대에 세탁기를 기증하는 사람도 있었고, 또 중대에는 아니지만 자신이 소속이 되어 있는 소대에 필요한 물건을 기증한 이도 있었다.

하지만 수현은 그런 동기들에 비해 가정 형편상 물질적으로 해줄 수가 없자 다른 것으로 눈을 돌렸는데, 그것이 바로 부족한 교범을 새롭게 만들어주는 작업이다.

더욱이 오래 사용하다 보니 낡은 것도 낡은 것이지만 여러 사람의 손을 타 훼손된 부분이 있었다.

그래서 다른 중대에 있는 동기를 통해 부족한 부분을 복사해 그것을 다시 깨끗하게 타이핑을 하는 중이다.

수현이 속한 전차 중대는 전투 소대 세 곳과 지휘소대에 교범이 필요하다.

많은 숫자는 아니지만 최소 네 개의 교범이 필요하기에 수현은 일직 근무를 하기 시작하면서 이런 작업을 시작하였다.

그런데 교범을 만들기 위해 수작업을 하다 보니 이 또한 경험치로 환산이 된 것인지 레벨 업을 하게 된 것이다.

'또 레벨 업을 했네!'

막 네 번째 교범이 완성이 되는 시점에서 레벨 업을 알리는 알람이 울린 것이다.

레벨 업도 레벨 업이지만 수현은 전역을 하기 전 후임들에게 자신이 도움을 주고 갈 수 있다는 것이 무척이나 기뻤다.

목표로 했던 네 부의 교범 제작을 완성할 수 있었다는 것은 큰 충족감마저 느껴졌다.

사실 수현이 교범을 만들고 있다는 것은 중대 내에서 공공연하게 알려진 일이다.

몇몇 간부는 귀찮게 타이핑을 하지 말고 그냥 복사를 하라고 하는 이도 있었다.

하지만 그렇게 해선 굳이 교범을 새로 만드는 의미가 없지 않은가? 보기 좋은 떡이 맛도 좋다고 이왕 새로 만드는 것인데 새 책까지는 아니지만 깨끗한 것이 좋지 않겠는가. 복사를 하다 보면 복사 용지에 시커먼 얼룩이 묻어 겉으로 보기에도 지저분할 뿐만 아니라 어떤 글자는 얼룩이 번져 보이지 않는 경우도 있었다.

군대에 있는 복사기가 그리 좋은 것이 아니기에 그런 현상이 발생하는 것이다.

이러한 사실을 잘 알고 있는 수현이기에 귀찮음을 무릅쓰고 손수 타이핑을 하는 것이었다.

더욱이 낡은 타자기지만 타이핑을 할 때 울리는 타이핑하는 소리를 들으면 의외로 마음이 안정이 되는 것 같았기 때문에 기분도 좋았다.

그러니 수현에게 교범을 만드는 작업은 결코 고된 노동이 아닌 즐거운 놀이나 마찬가지였다.

그리고 또 손수 타이핑을 하면서 좋은 점도 있었는데, 낡은 타자기를 치는 일이었지만 하다 보니 컴퓨터 키보드를 치는 실력도 늘어 오타 없이 빠르게 타이핑을 할 수 있게 되었다.

"정 병장! 그거 마무리 다 한 거야?"

오늘 일직사관인 김중현 중위는 수현이 타이핑을 마치고 기지개를 하는 모습을 보며 물었다.

김중현 중위는 1년 전 수현이 있는 중대로 전입 온 소대장으로서 수현이 속한 1소대장이 본부중대 정훈 장교로 전출을 가자 새롭게 1소대장으로 왔다.

그는 전임 1소대장과는 다르게 사병들에게 그런대로 인정을 받는 소대장으로, 전임 소대장이 자신의 영달을 위해 사병들을 닦달하는 스타일로 사병들을 자신의 출세의 밑거름 정도로 생각하며 작업등에 동원을 했던 것에 반해, 특별히 능력이 있거나 그런 것은 아니지만 적당히 자신이 맡은 일을 하면서 자질구레한 작업들은 될 수 있으면 맡으려 하지 않았다.

간부들이 보기에는 이런 김중현 소대장이 무능해 보일 수는 있지만, 사병의 입장에서는 출세지향적인 전임 소대장에 비해 김중현 중위가 훨씬 괜찮은 소대장인 것이다.

스타라이트

그렇기에 장교이면서도 사병들과 관계가 좋았고, 수현과의 관계도 마찬가지였다.

"예, 방금 끝냈습니다."

수현은 소대장의 물음에 미소를 지으며 대답을 하였다.

원칙대로라면 소대장의 물음에 관등성명을 대고 대답을 해야 했지만, 지금은 주변에 누가 있는 것도 아니고, 또 수현이 이제는 전역이 한 달 정도밖에 남지 않은 말년이라 편하게 대답하는 것이다.

물론 이런 것도 마주하고 있는 김중현 중위가 받아 주었기에 가능한 일이다.

깐깐한 간부 같으면 아무리 말년병장이라도 군기교육대에 입소할 일이지만 중대 내에서 무골호인으로 통하는 김중현 중위이기에 별로 문제 삼지 않았다.

그리고 김중현 중위도 수현에게 도움을 많이 받았기에 이렇게 단둘이 근무를 설 때면 친한 형동생처럼 스스럼없이 대화를 하였다.

"고생 많았다. 그런데 이제 전역이 얼마 남지 않았네?"

김중현 중위는 행정반에 걸려 있는 달력을 보다 그렇게 물었다.

자신이 이곳 전차대대로 전입을 온 것이 작년 이맘때였다.

그런데 벌써 1년이 훌쩍 지나간 것이었다.

"예, 정말이지 처음 전입을 왔을 때만 해도 언제 전역을 하나 막막했는데, 시간이 이렇게 흘렀네요."

소대장의 물음에 수현도 뭔가 만감이 교차를 하며 대답을 하였다.

아닌 게 아니라 처음 전입을 왔을 때만해도 무척이나 막막했다.

다른 일반 부대도 아니고 군기가 빡센 전차 부대가 아닌가? 더욱이 수현이 전입을 올 때는 어쩜 그리 군부대에서 사건사고가 많은지 한 달에 한 번씩 뉴스에서 부대 내 구타 사고라 든지, 아니면 무장탈영이나 휴가 미복귀 같은 사고도 발생을 하였다.

더욱이 수현이 이곳으로 전입을 온 날도 부대 내에 사고가 있어 헌병 차가 부대에 출동을 했었다.

그것도 수현이 배속이 될 1중대 선임 중 한 명이 일으킨 사고였다.

그래서 그런지 그 당시만 해도 부대 분위기가 무척이나 좋지 못해 갓 전입을 온 수현도 무척이나 긴장을 한 상태로 군 생활을 했었다.

그런데 벌써 2년이 되어 얼마 뒤면 전역을 할 시기가 된 것이다.

수현은 문득 지난 2년간 있었던 사건사고들이 머릿속을 스치고 지나갔다.

2년 전 입영 통지서를 들고 논산에 입소를 했던 일이나 훈련소에서 고된 훈련을 받던 일, 그리고 훈련을 마치고 주특기를 받고 후반기 교육으로 기갑 학교에서 전차 승조원 교육을 받던 일이나 교육을 마치고 자대 배치를 받아 이곳에 전입을 온 것 등이 주마등처럼 지나갔다.

그런 기억 한편으로 그 동안 잊고 있었던 기억이 또 하나 떠올랐다.

입대 전까지만 해도 죽고 못 살 것 같던 애인 선혜와의 추억이었다.

정말이지 오래 있고 있던 기억이었다.

부대에 자대 배치를 받은 지 얼마 지나지 않아 이별 통보를 받았던 충격적인 일도 이제는 빛바랜 사진처럼 추억이 되었다.

"난 앞으로 스타가 될 거야. 그런데 내가 애인이 있다는 사실이 알려진다면 누가 날 좋아하겠어."

자신을 찾아와 비수를 꽂고 떠난 선혜, 그리고 몇 달 뒤 다시 만난 선혜는 예전에 자신이 알던 그녀가 아니었다.

불과 6개월밖에 지나지 않았지만, 오랜만에 본 선혜는 수현이 알던 조신하고 애교 많은 여자가 아닌 섹시하고 도발적인 여인이 되어 있었다.

오랜만에 헤어진 애인의 얼굴을 떠올렸던 수현은 그것을 잊기라도 하려는지 고개를 흔들었다.

그런 수현의 모습에 말을 걸던 김중현 중위는 수현이 뭔가 안 좋은 기억을 떠올렸다는 것을 직감적으로 알 수 있었다.

"뭔가 안 좋은 기억이라도 떠올랐나보네?"

"아닙니다. 잠시 옛 생각이 나서 그랬습니다. 뭐, 지금 생각하면 별것도 아니지요."

수현은 자신을 보며 미안한 표정을 하는 소대장의 얼굴을 보며 대답을 하였다.

그런 수현의 말에 김중현은 뭔가 이야기를 다른 방향으로 전화하기 위해 또 다른 질문을 하였다.

"그런데 그게 정말이야?"

"뭐 말씀입니까?"

"그거, 그러니까 정 병장이 벼락을 맞고 살아났다는 것 말이야."

김중현은 부대 내에 떠도는 전설과도 같은 이야기를 꺼냈다.

벼락을 맞고도 천우신조로 죽지 않고 살아난 병사의 이야기는 김중현으로서는 도저히 믿을 수 없는, 그렇지만 여러 사람이 떠들고 있기에 믿지 않을 수도 없는 이야기였다.

질문을 받은 수현은 자신도 모르게 웃고 말았다.

스타라이트

"하하."

수현이 갑자기 소리를 내서 웃자 김중현은 눈을 동그랗게 뜨며 수현을 쳐다보았다.

"죄송합니다. 갑자기 당시 선임들이 제게 붙였던 별명이 생각이 나서 말입니다."

"별명?"

김중현은 웃다말고 사과를 하는 수현을 보며 물었다.

그런 소대장의 물음에 뭔가 겸연쩍은지 수현은 한 손으로 머리를 극적이며 대답을 하였다.

"벼락 맞은 놈!"

"응? 벼락 맞을 놈?"

"아니요. 벼락 맞은 놈이요."

"아! 벼락 맞은 놈! 그게 뭐?"

김중현은 수현의 말에 고개를 갸웃거렸다.

그게 어떻다는 것인지 알 수가 없었기 때문이다.

"그러니까 당시 제 별명이 바로 그것, 벼락 맞은 놈이라구요."

"아!"

수현의 설명이 있자 김중현은 그제야 방금 전 수현이 한 말의 뜻을 알게 되었고, 자신도 모르게 큰 소리로 웃으며 방금 전 수현이 한 말을 중얼거렸다.

"하하하! 벼락 맞은 놈! 벼락 맞은 놈이라니, 큭큭! 정

병장도 한 동안 고생 좀 했겠어!"

늦은 시각이란 것도 잊고 큰소리로 웃었던 김중현은 또다시 물었다.

"말해 무엇 합니까? 당시 그것 때문에 얼마나 놀림을 받았던지… 소대장님도 김희철 병장 기억 하시죠?"

수현은 당시 자신을 가장 많이 놀렸던 선임의 이름을 언급하였다.

"김희철 병장? 기억하지. 가무잡잡한 피부에 눈이 부리부리했던 김희철 병장을 잊을 수가 있나!"

"맞습니다. 소대 맞선임인 것도 있지만 직책도 바로 직속이다 보니 항상 붙어 다녔죠."

"맞아! 그랬지."

김중현 중위는 수현의 설명에 고개를 끄덕이며 맞장구를 쳤다.

두 사람은 오랜만에 공통으로 이야기를 할 수 있는 분모를 찾아 이야기꽃을 피웠다.

그리고 두 사람의 이야기는 초소 근무자가 보고를 하기 위해 행정반을 찾을 때까지 계속되었다.

*   *   *

"오랜만이네."

스타라이드

전역 전 마지막으로 나오는 말년 휴가, 휴가 기간 동안 운동을 하기 위해 태권도 도장을 가려고 집을 나서던 수현의 귓가에 누군가 부르는 목소리가 있었다.

　자신을 부르는 것이란 것을 본능적으로 깨달은 수현은 목소리가 들린 곳으로 고개를 돌리다 그곳에 서 있는 여인을 보았다.

　하지만 자신을 부른 여인이 누구인지 생각이 나지 않은 수현은 고개를 갸웃거리며 물었다.

　"저 죄송한데, 저를 아십니까?"

　짧은 단발에 하얀 민소매 티와 물 빠진 짧은 숏팬츠를 입은 미인이었다.

　그녀는 수현이 자신을 알아보지 못하자 푹 눌러 쓰고 있던 모자와 선글라스를 벗어 보였다.

　단발은 금색으로 염색을 했으며, 하얀 백옥 같은 피부에 붉은색 립스틱을 바른 입술은 남자의 시선을 한눈에 사로잡을 정도로 매혹적인 모습이었다.

　치마만 두르면 할머니에게 시선을 던진다는 군인이다.

　비록 말년 병장이기는 하지만 수현도 아직 군인이기에 이렇게 도발적인 매력을 풍기는 미녀가 부르자 관심을 보이는 것은 무척이나 자연스러운 현상이었다.

　하지만 미녀에게서 들려온 말을 듣고 수현의 표정이 굳어졌다.

"아무리 내가 헤어지자고 했다지만 내 얼굴을 벌써 잊어버린 거야? 너무하네!"

"음!"

그녀의 입에서 나온 말을 들은 수현은 자신을 부른 눈앞의 미녀가 누구인지 금방 깨달을 수 있었다.

"오랜만이네."

수현은 속으로 작게 한숨을 쉬고는 나지막한 대답을 하였다.

그런 수현의 모습에 뭐가 그리 당당한지 선혜는 수현의 얼굴을 빤히 쳐다보며 이야기를 하기 시작했다.

"군대 제대한 거야?"

"아니, 아직… 제대하려면 아직 열흘 정도 더 있어야 한다."

"그래? 그런데 어떻게 나온 거야?"

선혜는 수현이 휴가를 나온 것을 알지 못하기에 군인인 그가 군부대가 아닌 밖에 나와 있는 것을 의아해했다.

"휴가!"

"아 그렇구나, 군인한텐 휴가가 있었지, 좋겠다."

뭐가 좋다는 것인지 알 수는 없지만 선혜의 말을 들은 수현은 속으로 기가 막혔다.

만약 군인들이 이런 선혜의 막말을 들었다면 어떤 말을 했을지 머릿속에 떠올랐기 때문이다.

"그나저나 너는 여긴 어쩐 일이냐? 넌 숙소 생활 하지 않았던가?"

아이돌 그룹으로 데뷔를 한 선혜가 이곳에 있는 것이 이상해 물었다. 생각해 보니 그녀가 쓰고 있던 모자와 선글라스도 사람들이 아이돌인 자신을 알아볼까봐 하고 있었던 것 같았는데, 매니저도 없이 홀로 돌아다니고 있는 것이 의아했던 것이다.

"응, 나도 휴가!"

"휴가?"

"응, 뭐 말이 휴가지 휴가 기간이 겨우 3일 뿐이야."

선혜는 수현을 보며 자신의 휴가가 3일밖에 안 돼서 짜증난다는 듯 이야기를 하였다.

그런데 수현은 자신을 붙잡고 그런 이야기를 하는 선혜의 생각을 이해할 수가 없었다.

물론 오랜만에 본 것이라 그 딴에는 반가울 수는 있겠지만, 수현의 입장에선 지금의 만남이 썩 개운치 않았기 때문이다.

비록 선혜에 대한 미련이나 그런 것이 털끝만큼도 남아 있지는 않지만 오래 전 일방적인 이별 통보를 하고 떠났던 그녀이기에 선혜와 이렇게 이야기하는 것이 불편했다.

"내게 무슨 할 말이라도 있어?"

수현은 자신을 보며 이야기를 하는 선혜에게 단도직입적

으로 물었다.

그런 수현의 모습에 선혜는 잠시 할 말을 잊었다.

비록 자신이 일방적으로 헤어지자고 했지만 그래도 오랜만에 만나 반가운 마음에 말을 걸은 것이다.

더욱이 현재 자신은 한참 주가를 올리고 있는 아이돌 그룹의 멤버이고, 수현은 그저 평범한 군인이다.

아이돌을 보면 환호하며 어떻게든 싸인 한 장이라도 얻기 위해 난리를 치는 그런 군인 말이다.

그런데 스타인 자신이 말을 걸어주는데 저렇게 무덤덤하게 반응을 하는 수현의 모습에 자신도 모르게 불쾌감이 확 일었다.

사실 예전의 선혜였다면 이런 비뚤어진 사고방식은 가지지 않았을 것이다. 하지만 그녀는 짧은 기간에 갑작스럽게 인기 아이돌이 되고, 이전에는 상상도 하지 못했을 화려한 삶을 살게 되면서 성격이나 가치관이 확연히 달라져 있었다.

더구나 주변 사람들 모두가 그러한 그녀의 비뚤어진 모습을 지적해 주지 않고 비위를 맞춰주기에 바빴으니, 그 상태는 더욱 심각해지고 만 것이다.

"오빠! 나한테 너무한 것 아니야?"

밑도 끝도 없는 선혜의 말에 수현은 어처구니가 없어 눈만 깜박였다.

"내가 헤어지자고 하기는 했지만 그래도 당시에 내 입장에선 그게 최선이었어! 그런 것도 이해를 못해?"

"후!"

수현은 자신을 붙잡고 억지를 부리는 선혜를 잠시 쳐다보다 그냥 몸을 돌려 걷기 시작했다.

그런데 그런 수현의 모습이 더 기분이 나빴는지 선혜가 뒤에서 소리를 쳤다.

"뭐야! 지금 내가 말하고 있는데, 어딜 가는 거야!"

선혜는 자신이 이야기를 하는 중인데 수현이 자리를 떠나는 것에 화가 나 계속해서 고함을 질렀다.

"거기 안 서?! 야! 정수현! 지금 내가 말하고 있잖아!"

뒤에서 시끄럽게 자신을 향해 고함을 지르는 선혜를 두고 수현은 그져 자신의 목적지를 향해 걸었다.

잊었다고, 선혜에 대한 원망을 잊었다고 생각했다.

아니 얼마 전 소대장과 이야기를 할 때도 선혜에 대한 기억이 떠올랐지만 아무런 감정도 남아 있지 않았다.

하지만 그게 아니었나보다.

아주 우연이기는 하지만 그녀와 마주하고 잠깐 대화를 나누는 과정에서 자신이 모르던 선혜의 모습을 보게 되면서 그 동안 자신이 선혜에 대해 잘 알지 못했었다는 것을 깨달았다.

사실 처음 자신을 부르는 미녀의 모습에 살짝 심장이 두

근거렸다.

그리고 미녀의 정체가 선혜란 것을 알았을 때는 그녀에 대한 작은 미련이 일기도 했다.

하지만 이야기를 하면서 그녀가 오래 전 자신이 알던 그녀가 아니라 목소리만 같은 다른 사람임을 알게 되었다.

아니 같은 사람이지만 자신이 알던 것과는 한참이나 갭이 있는 사람이었다.

그것이 원래 성격인지, 아니면 연예인을 하면서 성격이 그렇게 바뀐 것인지는 알 수 없지만 이제는 더 이상 미련이 없었다.

'불과 2년이란 시간이 선혜를 저렇게까지 변하게 만들다니, 연예계란 어떤 곳인지 두렵네!'

한 사람의 성격을 저렇게 180도 바꿀 정도라니 수현은 그저 TV로만 본 화려한 연예계가 두렵기만 했다.

화려한 조명과 팬들의 사랑에 웃고 떠드는 것만 보았던 스타들이 선혜의 변한 모습을 겪은 뒤로는 그렇게 관심이 가지 않았다.

2년 전 낙뢰 사고로 게임 시스템이 자신에게 적용이 되면서 포인트 상점을 통해 많은 재능들을 가지게 되었다.

레벨업으로 얻은 포인트로 이제는 영어는 물론이고 불어와 중국어도 배웠다.

1년 전 위문 공연을 온 연예인들을 보면서 혹시나 하는 생각에 잠깐 연예인이 되는 꿈을 꾸며 포인트로 노래와 춤을 배우기도 해보았다.

하지만 포인트에도 한계가 있기에 수현은 군대에 들어오기 전부터 태권도 사범을 했고, 제대를 하고도 계속해서 태권도의 길을 걷기로 결심을 한 뒤로 연예인에 대한 생각을 접었다.

어차피 선혜 때문에 잠시 외도를 한 것이지 원래 수현의 꿈은 태권도 사범이고 또 나아가 대한민국에서 가장 큰 태권도 도장을 차리는 것이 꿈이었다.

그래서 어느 정도 계급이 되면서 수현은 선임의 눈치를 보지 않고 전역을 한 뒤 자신의 미래를 위해 일과 시간이 끝나면 개인적으로 수련을 하였다.

그래도 가끔 TV에서 유명 스타들이 화려한 조명을 받으며 반짝일 때면 시스템의 도움이 있으면 자신도 충분히 저들처럼 될 수 있지 않을까 하는 미련이 남기는 했다.

하지만 오늘 선혜를 본 뒤 그런 미련은 훌훌 털어냈다.

사람의 성격까지 바꿔놓는 연예계는 수현이 생각하던 그런 곳이 아니었다.

이렇게 수현이 생각을 정리하고 있는 중에도 저 멀리 뒤쪽에서는 선혜가 수현을 향해 악담을 퍼붓고 있었다.

Chapter 5

사단 태권도 대회

전역 전날.

말년 휴가를 다녀온 지도 벌써 이틀이 지났다.

수현이 군 입대를 하여 이곳 전차 부대에 전입한 것도 벌써 2년 전이다.

그때만 해도 언제 2년이란 시간을 버틸 것인지 무척이나 막막했다.

군 내 부조리로 인한 각종 사건, 사고가 수시로 TV를 통해 보도가 되고, 설상가상 전입을 온 그날 부대 내 사고로 인해 헌병대가 출동을 해 있었다.

그 때문에 수현과 그의 동기들은 전입을 오자마자 무척이나 겁을 먹었다.

그뿐만이 아니다. 수현은 전입한 지 얼마 되지 않은 때 애인과 이별을 하였다.

일방적인 이별 통보로 인해 무척이나 괴로워하였는데, 그 것도 잠시. 작은 사건은 큰 사건으로 인해 묻힌다고 했던 가, 낙뢰 사고를 당했다.

이를 설상가상이라 해야 할지 천우신조라 해야 할지 분간 을 할 수는 없지만 어찌 되었든 벼락을 맞고도 무사할 수 있었으니 다행이라고 해야 하는 것이 맞을 것이다.

더욱이 수현은 낙뢰 사고를 당했으면서도 목숨을 구한 정 도가 아니라 초능력을 얻었다.

물체를 움직이는 염력이나 물건의 기억을 읽는 싸이코메 트리와 같은 초능력이 아니라 마치 게임의 캐릭터와 같은 게임 시스템이 수현에게 나타났다.

정말이지 소설에나 나올법한 일이 수현에게 일어난 것이 다.

처음엔 그 때문에 무척 혼란을 겪었고, 아이러니하게도 그 덕분에 이별의 아픔을 금방 잊을 수 있었다.

오랜 애인의 이별 통보보다 자신의 몸에 닥친 일이 더 우 선일 수밖에 없지 않겠는가. 그 때문에 수현은 애인의 변심 으로 인한 탈영 등의 사건, 사고의 주인공은 되지 않을 수 있었다.

그렇게 수현은 2년간의 군 생활을 뒤돌아보았다.

참으로 많은 일을 겪었다는 생각이 들었다.

어떻게 된 것이 입대 전 20살의 인생보다 불과 2년에 불과한 군 생활이 더 다사다난 했던 것 같았다.

'상태 창!'

속으로 상태 창을 켰다.

문득 현재 자신의 상태가 어떤지 궁금했기 때문이다.

〔캐릭터 정보〕

이름: 정수현

직업: 군인(병장)

레벨: 35

경험치: 97%

특기: 태권도(4단)

힘: 30

지능: 30

정신: 25

민첩: 28

체력: 33

보너스 스탯: 10

보너스 포인트: 12

　상태 창을 확인한 수현은 체력과 민첩에 각각 스탯을 2씩 올렸다.

　그렇게 민첩은 힘과 지능 스탯과 같은 30이 되고, 체력은 35가 되었다.

　수현의 스탯 포인트는 사실 레벨 업을 한 것보다 많았는데, 이는 스탯이 레벨 업으로만 얻는 것이 아니라 수현이 노력을 하면 그에 해당하는 스탯을 올릴 수 있었기에 가능한 일이었다.

　힘이나 민첩 그리고 체력과 같은 경우는 무거운 것을 들거나 달리기 등 반복 훈련을 통해 금방 올릴 수 있었지만 지능과 정신 스탯은 그렇지 못했다.

　지능 스탯은 그나마 책을 읽는다던지 그와 관련된 두뇌를 활성화 하는 노력을 통해 약간 올릴 수 있었지만 정신 스탯은 그것이 쉽지 않았다.

　정신이 극한까지 몰리거나 수현이 뭔가 깨달음을 얻었을 때만 아주 우연히 스탯이 올랐다.

　더욱이 수현의 정신 스탯은 다른 스탯들에 비해 한참이나 낮아 뭔가 불균형을 이루며 정신적으로 불안정했다.

　그런데 깨달음을 얻고 또 때로는 레벨 업을 하면서 보너

스탯라이프

스로 받은 스탯을 올리면서 불안정했던 정신이 다른 스탯과 균형을 이루게 되었고, 수현의 정신도 굳건하게 단단해졌다.

하지만 육체 능력이 올라가고 지능과 정신 스탯이 상당히 향상되면서 수현에게는 남다른 고민이 발생했다.

그것은 바로 올라간 스탯만큼 단기간에 몰라보게 향상되게 된 육체 능력을 주변에서 이상하게 생각하지 않도록 숨겨야만 했기 때문이다.

수현은 낙뢰 사고를 당하기 이전에는 벤치프레스를 할 때 30kg정도를 드는 것이 적당한 무게였다.

그런데 불과 2년도 안 된 지금은 그 두 배인 60kg을 하면서도 쉽게 들어 올렸다.

그 때문에 남들이 보면 이상하게 생각할까봐 일부러 60kg으로 할 때면 힘든 표정을 짓곤 했다.

물론 187cm의 키에 근육질의 몸매로 인해 그 정도 들어 올리는 것에 누가 의심을 하진 않겠지만, 벤치프레스라는 것이 단순하게 한 번 들어 올리고 끝나는 것이 아니라, 반복적인 동작으로 몇 세트씩 하는 것이었으니 60kg도 결코 쉬운 것이 아니었다.

더욱이 시스템으로 인해 올리는 스탯과 겉으로 보이는 근육량은 인과 관계가 없기에 사실 겉으로 보이는 수현의 몸으로 60kg의 역기를 너무도 쉽게 들어 올린다면 이상하게 여겨 연구 대상이 되기 십상이다.

그러니 적당히 힘든 연기를 해줘야 의심을 하지 않는다.

괜히 자신이 초능력이 있다는 것이 알려지면 어떤 사태가 벌어질지 정확하게는 아니지만 어느 정도 추측이 가능했기에, 수현은 자신의 비밀을 누군가에게 알리지 않고 비밀로 간직했다.

"음, 스탯도 적당히 올렸고, 스킬이나 좀 정리를 해보자!"

수현은 자신의 상태 창에서 자신의 몸 상태 점검을 끝내고 이번에는 포인트로 올린 스킬들을 살폈다.

〔스킬 정보〕

태권도(마스터)— 태권도의 이론 및 실기를 모두 마스터하였습니다.

영어(상급 1Lv)— 원어민과 같은 언어 능력뿐만 아니라 전문적인 단어와 비속어도 구사할 수 있습니다.

불어(중급 2Lv)— 원어민과 원활하게 대화를 할 수 있습니다. 일부 비속어를 알아듣습니다.

음악(하급 3Lv)— 일반인 중 잘 부르는 편입니다. 들어줄 만합니다.

춤(하급 3Lv)— 일반인 중 그럭저럭 추는 정도.

타이핑(중급 2Lv)─ 타이핑 아르바이트를 해도 될 정도.

"후후!"

수현은 자신의 스킬 창을 열어 그것을 들여다보다 자신도 모르게 미소를 지었다.

스킬은 포인트 상점에서 구입을 할 수도 있고, 또 직접적으로 관련된 행동을 반복하다 자동으로 습득을 할 수도 있다.

태권도는 원래 수현이 군에 입대하기 전부터 배웠기에 가지고 있었다.

그때 수준은 중급 3Lv 정도였는데, 이 스킬 레벨이란 것이 하급, 중급, 상급이 각각 1단계에서 5단계로 이루어졌으며, 마지막 상급 5Lv이 되면 마스터 레벨이 되는 것이었다.

원래 수현이 태권도 스킬을 가지고 있다고 해도, 그가 배운 것은 경기 태권도가 아닌 생활 체육이었다.

이론과 품새 그리고 시범 발차기 등을 가르치는 지도 태권도를 배웠다.

그런데 수현이 다니던 태권도 도장은 다른 일반 도장과 다르게 인근 초등학교와 중학교와 결연을 맺고 선수를 양성하던 곳이었기에 수현도 함께 코치를 보조하면서 경기 태권도에 관한 사항도 선수만큼은 아니더라도 익히고 있었기에 스킬 레벨이 중급에서도 3Lv이나 되었던 것이다.

그러던 것을 수현은 포인트를 소비해서 마스터 레벨까지 상승시켰다.

그것은 우연히 나간 군 태권도 대회에서 메달을 따기 위해 조금씩 레벨을 상승시킨 것이었다.

그 결과로 대회에서 메달을 따고 사단 대표로 나가 보다 큰 대회에서 입상을 하였다.

그런 결과를 낸 뒤로 수현은 조금 욕심을 내서 태권도의 스킬 레벨을 마스터 레벨로 올린 것이다.

수현은 잠시 그때를 떠올리며 생각에 빠져들었다.

*   *   *

똑! 똑!

"단결! 일병 정수현, 행정반에 용무 있어 왔습니다."

노크를 한 수현은 행정반으로 들어갔다.

그리고 바로 행정보급관이 있는 자리로 가서 경례를 하였다.

"단결! 일병 정수현, 행정보급관님의 부름을 받고 왔습니다."

수현은 자신을 행정보급관이 찾는다는 말에 일과를 중단하고 행정반으로 온 것이었다. 최근에는 특별히 짐작 가는

스탬피이드

바도 없었기에 어떤 일인지 전혀 감이 잡히지 않았다.

"그래, 정수현이! 너 사단 태권도 대회에 좀 가야겠다."

느닷없는 행정보급관의 말에 수현은 바로 대답을 하지 못했다.

하지만 그것도 잠시, 수현은 알겠다는 대답을 하였다.

그것이 군대에 있으면서 병사가 간부의 말에 할 수 있는 전부이기 때문이다.

"예, 알겠습니다."

"그래, 뭐 부담가질 필요는 없어! 네가 대회에서 수상을 해도 좋고, 탈락을 해도 상관없으니… 다만 1등을 하면 휴가증을 준다니 잘해봐!"

"예, 알겠습니다."

수현은 당연하게 알겠다는 대답을 하였다.

하지만 속으로는 다소 의외라고 생각을 하고 있었는데, 수현이 있는 부대는 전에도 말했다시피 전차 조종이라는 특수한 임무 탓에 간부와 사병의 숫자가 비슷하다.

그러니 병사가 외부로 나가는 것을 그리 좋아하지 않는 분위기다.

될 수 있으면 사역도 소대별로 돌아가며 할 정도로 전차부대에서는 외부 행사에 참여하는 것을 사병들은 물론이고 간부들 또한 부정적으로 생각한다.

그런데 행정보급관이 수현에게 사단에서 주관하는 태권

도 대회에 참여를 하라고 지시를 한 것이다.

이는 원래라면 출전시키지 않았을 것이지만, 요즘 수현의 복무 평가가 좋다보니 일부러 휴식을 주기 위해 사단 태권도 대회에 참가하라고 한 것이었다.

＊　　　　＊　　　　＊

수현은 행정보급관에게 용무를 끝내고 소대로 복귀를 하였다.

"행정보급관이 무엇 때문에 부른 거냐?"

수현이 소대로 복귀를 하니 한참 헤드셋을 정비하고 있던 김희철 일병이 수현에게 물었다.

김희철 일병은 수현의 바로 위 맞선임으로, 수현이 가장 조심을 해야 할 선임병 중 한 명이다.

"예, 이번 사단에서 실시하는 태권도 대회에 제가 부대 대표로 나가라는 이야기를 하려고 부르셨습니다."

"아 씨! 인원도 부족한데, 무슨 태권도 대회야! 너 바로 떨어져라!"

김희철 일병은 하필 얼마 뒷면 장비 지휘 검열이 실시되는 것 때문에 온종일 전차 손질을 하는 데 시간을 소비하고 있는 이때 수현이 외부로 빠지는 것에 화를 내며 말했다.

"알겠습니다."

스라이브

수현은 어차피 자신은 사회에서 태권도 사범을 하다 왔다 지만 생활체육 위주로 하는 태권도를 했지, 태권도 선수처럼 경기 태권도를 한 것이 아니기에 1등을 할 가망이 없다는 생각에 그리 대답을 하였다.

탁!

"야 이 새끼야! 이왕 나가는 대회인데 좋은 소리는 하지 못할망정 그게 할 소리냐! 사단에서 주관하는 것이면 메달을 따면 휴가증도 나올 텐데."

소대 선임 중 두 번째로 높은 정철원 병장이 수현을 데리고 협박 아닌 협박을 하고 있는 김희철 일병의 뒤통수를 치며 말했다.

정철원 병장은 수현이 같은 정씨이고, 또 고향도 같은 곳이라 평소에도 수현의 사정을 잘 봐주는 편이었다.

그리고 정철원 병장은 수현의 사수인 안기준 상병의 사수이기도 했기에 더욱 수현에게 잘해주는 편이고, 수현이 중대 문고를 보는데 많은 도움을 준 선임이기도 했다.

"김희철이 말 신경 쓰지 말고 잘해봐라!"

"예, 알겠습니다."

수현은 정철원 병장의 격려에 얼른 대답을 하고, 조금 전 행정보급관에게 불려가기 전 하던 작업을 계속해서 하였다.

"헤드셋은 모두 점검을 했으니 안에 들어가서 청소나 좀 해라."

"알겠습니다."

수현은 정철원 병장의 말에 얼른 대답을 하고 자신의 전차인 2호차로 들어가 청소를 하기 시작했다.

전차의 승조원도 계급에 맞게 호차가 배정이 되는데, 소대 지휘 차량인 1호차는 소대에서 가장 우수한 병사가 탑승을 한다.

소대장인 전차장을 보조하기 위해 호봉이 높은 운전수와 포수 그리고 탄약수가 탑승을 하게 되어 있었고, 그 다음이 3호차, 2호차 순이다.

3호차는 선임하사 중 호봉이 높은 선임하사가 탑승을 하게 되고, 전투 시 소대장이 탑승한 1호차가 파괴되어 운용을 할 수 없게 되었을 때, 소대장의 역할을 3호차의 전차장이 하게 되어 있었다.

2호차는 그러다 보니 가장 숙련도가 떨어지는 승조원들이 편성이 되어 있고, 소대 막내인 수현이 바로 2호차의 탄약수를 맡고 있었다.

＊　　　＊　　　＊

수현은 아침 일찍 행정반에 왔다.

오늘이 사단에서 주관하는 태권도 대회가 있는 날이라, 대회에 출전하는 수현은 아침부터 대기를 하는 것이다.

덜컹!

"정수현이! 어서 와라!"

행정반의 문이 열리고 본부중대 선임하사 한 명이 수현을 보며 소리쳤다.

"박상욱이 임마! 여기가 어디라고 그따구로 행동해!"

퍽!

언제 나타났는지 박상욱 중사 뒤에서 김웅주 상사가 나타나 박상욱 중사의 뒤통수를 때리고 소리쳤다.

"하하! 죄송합니다. 급해서……."

박상욱 중사는 뒤통수를 맞았지만 자신의 뒤통수를 때린 사람이 부대에서 부사관 중 두 번째로 높은 김웅주 상사였기에 얼른 웃는 얼굴로 말을 하였다.

"똑바로 해! 두고 볼 거야!"

김웅주 상사는 당나라 군대처럼 군기가 빠진 박상욱 중사를 보며 경고를 하였다.

"네네, 늦었습니다. 그럼 가보겠습니다."

박상욱 중사는 이야기가 늘어질 것 같자 얼른 수현에게 손짓을 하며 밖으로 나갔다.

"어여 가봐!"

"단결! 다녀오겠습니다."

"그래, 좋은 결과 기대하겠다."

김웅주 상사는 수현이 경례를 하자 덕담을 해주고는 행정반 안으로 들어갔다.

수현은 그런 김웅주 상사의 모습을 잠시 보다 빠른 걸음으로 박상욱 중사의 뒤를 따라갔다.

수현이 막사 밖으로 나갔을 때는 이미 박상욱 중사는 CP앞에 가 있었다.

부대 밖으로 나가야 하는 일이니 대대장에게 보고를 하고 나가야 했기에 대기를 하는 것이었다.

그렇게 부대 대표로 태권도 대회를 나가게 된 수현은 다른 중대에서 선발된 몇 명과 함께 대대장에게 보고를 마치고 사단으로 향했다.

*   *   *

사단에서 실시하는 태권도 대회는 수현이 생각한 것보다 규모가 더 컸다.

대회장에 와서 알게 된 것이지만 이번 태권도 대회는 한 달 뒤 실시하는 육군참모총장배 태권도 대회에 출전하는 사단 대표를 뽑기 위한 대회였던 것이다.

육군참모총장배 태권도 대회는 매년 있는 대회였지만 그동안 수현이 속한 사단에서는 별 관심을 두고 있던 대회가 아니어서 한 번도 태권도 대표를 보내지 않았다.

그런데 이번 사단장이 바뀌면서 사단장의 지시로 육군참

모총장배 태권도 대회에 사단에서도 참가를 한다는 공문이 내려오면서 수현이 있는 전차대대에서도 선수를 보내게 되었다.

군대란 언제나 지휘관의 취미가 어떤 것이냐에 따라 하급 부대의 부대 운용 방침이 바뀐다.

만약 사단장의 취미가 골프이면 그 휘하 부대의 장들도 일제히 골프를 시작하며, 만약 돈이 많이 들어가는 야구라면 또 그에 맞춰 야구 장비를 갖춰 야구를 하게 되는 것이다.

다행히 그동안 사단장들은 운동 쪽에는 관심이 없었기에 별다른 공문이 내려온 것이 없었는데, 이번 사단장은 육사 생도 시절부터 건강한 신체에 건강한 정신이 깃든 다는 지휘 철학을 가지고 있어 이전 근무지에서도 수시로 체육대회를 벌이면서 병사들의 전투력 향상에 힘썼다.

그리고 이번 25사단에 부임을 하면서 가장 먼저 이렇게 한 달 뒤로 다가온 육군 참모총장배 태권도 대회에 참가를 위해 급하게 태권도 대회를 연 것이었다.

"알아서들 잘해라!"

박상욱 중사는 전차대대 대표로 나온 수현과 병사들을 보며 그렇게 간단한 말을 하고 어디론가 가버렸다.

사실 박상욱 중사는 태권도에 그리 관심이 있는 간부도 아니고, 그저 간부가 한 명 병사들을 인솔해야 하기에 이번 태권도 대회에 인솔간부로 온 것뿐이다.

즉, 짬에서 밀려 귀찮은 일을 맡게 된 것이기에 전차대대 대표로 나온 이들이 입상을 하건 아니면 모두 탈락을 하건 아무런 관심이 없었다.

"아 씨! 간부가 그냥 가면 어떻게 하냐! 젠장, 뭘 알려주고 가야지!"

수현의 옆에 서 있던 3중대 김기석 상병이 자신의 말만 하고 어디론가 가버린 박상욱 중사의 험담을 하며 투덜거렸다.

"일단 제가 번호표 받아 오겠습니다."

"그래 부탁해!"

일단 대회에 참가를 했으니 수현이 나서서 김기석 상병을 진정시키고 대회 본부석으로 가서 전차대대의 대회 참가를 알리고 번호표를 받아왔다.

원래대로라면 미리 참가자 접수를 받고 대진표를 만들고 대진표에 맞게 번호표를 받아야 했지만, 군대란 것이 본래 조금 비효율적이고 주먹구구식의 행정 처리가 많았다.

더욱이 이번 대회는 급하게 개최가 되는 것이기 때문에 그런 절차도 없이 현장에서 모두 이루어졌다.

원래라면 이 모든 것이 박상욱 중사가 와서 처리해야 하지만 어디로 사라졌는지 박상욱 중사의 모습은 보이지 않았고, 또 다른 부대들도 비슷한 상황이라 간부들이 많이 보이지 않았다.

그러다 보니 대진표 추첨도 추첨에 참가한 간부들이 있는 부대들이 유리하게 꾸려지게 되었다.

그 말이 무슨 말인가 하면, 대진표를 짜다보면 참가 인원에 따라 인원이 부족하면 부전승이 되는 경우가 있다.

이런 자리에 간부들이 계급으로 밀어붙여 자신의 부대 대표가 부전승의 자리에 가게 만든 것이다.

원칙대로라면 이 모든 것이 추첨을 통해 자리를 만들어야 하지만 군대가 어디 그런 민주주의 방식으로 진행이 되겠는가. 모든 것은 계급 순인 것이다.

그 때문에 간부가 나오지 않은 전차대대는 부전승 없이 한 번을 더 시합을 해야만 했다.

번호표와 대진표를 받아 온 수현은 번호표를 체급에 맞게 나눠주었다.

"김기석 상병님은 헤비급이라 좀 뒤에 할 것 같으니 그늘에서 쉬고 계십시오. 그리고 박완규 일병은 핀급이라 아마 가장 먼저 나갈 것 같으니 어서 몸부터 풀어!"

수현은 불과 네 명뿐인 전차대대 태권도 대표들이지만 좋은 성적을 가지고 돌아가고 싶다는 생각에 옆에서 코치하기로 결심을 했다.

"아무래도 박상욱 중사는 우리에게 관심이 없는 것 같으니 제가 코치를 하겠습니다."

다른 두 명은 자신과 같은 일병이지만 김기석은 상병이었기에 비록 다른 중대 선임이었지만 존칭을 사용해 말을 하였다.

"그래? 그런데 너 코치 경험은 있냐?"

수현이 부대 태권도 조교를 하고 있는 것은 알고 있지만 선수 코치는 다른 문제이지 않은가. 그 때문에 김기석은 의아한 눈으로 수현을 보고 물었다.

"예, 제가 있던 체육관은 사실 애들만 가르치는 곳이 아니라 태권도 선수도 양성하던 곳입니다. 제가 가르친 애들 중에는 국가대표가 된 애도 있습니다."

수현은 별거 아니란 투로 대답을 하였다.

하지만 조금 전까지만 해도 별 관심을 보이지 않던 이들이 수현의 말에 관심을 보이기 시작했다.

"국가대표?"

"뭐? 국가대표라고?"

"그게 정말이야?"

수현이 태권도 국가대표를 가르쳤다고 하자 몸을 풀고 있던 박완규 일병이 고개를 돌려 수현을 보며 물었다.

"응, TV도 몇 번 출연 했는데, 알란가 모르겠다. 김수연이라고……."

"아! 나 알아! 미녀 태권도 선수!"

수현의 말이 끝나기 무섭게 박완규는 소리를 질렀다.

"올림픽 금메달! 고등학생 때부터 국내 랭킹 1위, 세계대회 2연패! 태권 퀸! 김수연!"

무슨 아이돌 팬처럼 아는 동생의 프로필을 떠드는 박완규 일병의 모습에 수현은 할 말을 잃었다.

"수현아! 그게 사실이냐?"

박완규 일병이 하는 말을 들은 김기석 상병이 수현을 보며 물었다.

"예, 사실입니다."

"잘 부탁한다."

"아 예."

수현은 김기석 상병의 말에 어깨를 으쓱해 보이며 대답을 하였다.

─ 지금부터 대회를 시작한다. 편급 참가자는 모두 본부석 앞으로 오도록!

스피커에서 대회가 시작한다는 방송이 나왔다.

"박완규 일병, 어서 가봐!"

"그래! 먼저 갑니다."

박완규 일병은 빠르게 사람들이 모여드는 본부석 앞으로 달려갔다.

하루에 대회를 끝내고 입상자들을 모아 훈련을 시켜 한 달 뒤 대회에 참가를 시키려니 마음이 급한 사단 장교들은 소리를 치며 어슬렁거리며 걸어오는 병사들을 닦달했다.

얍! 얍!

펑! 짝!

시합이 시작이 되고 각 부대의 대표로 나온 병사들은 사력을 다해 상대를 쓰러뜨리기 위해 온 힘을 다했다.

개중에는 태권도 선수를 했던 이들도 있는지 상당한 실력을 가진 이들도 있었지만 대부분 그저 단증만 가지고 있는 이들이 대부분이었다.

그러다 보니 대회의 질은 그리 좋지 못했다.

수현의 눈에는 그 모습들이 자신이 군대에 오기 전 코치를 했던 중학교 태권도 선수의 수준 보다 못해보였다.

"왼손 방어 똑바로 하고, 떨어질 때는 확실히 뒤로 빠져!"

수현은 박완규 일병를 코치하며 계속해서 소리쳤다.

박완규 일병도 여느 참가자들 하고 다를 것이 없었다.

시합하고는 영 거리가 먼 체육관에서 배운 생활체육 태권도였다.

그러다보니 수현의 코치를 따라가지 못하고, 어정쩡한 모습을 보이고 있었다.

하지만 상대는 이런 코치도 없었기에 박완규 일병이 조금 앞서고 있다.

그렇지만 그것이 확실한 리드라기 보단 외줄타기 곡예와

같이 불안한 우세였다.

펑!

"아! 방어 똑바로 해야지! 때려!"

결국 수현이 지적한 왼손의 방어가 허술해 점수를 줬다.

삐!

2라운드가 끝났다. 30초 휴식 후 다시 마지막 3라운드가 시작될 것이다.

수현은 그 전에 작전을 지시하였다.

"네 손은 무슨 날개냐! 왜 자꾸 파닥거려! 오른발을 찰 땐 왼손을 아래에 붙이고, 왼발은 반대로 하고, 그리고 붙었다 떨어질 땐 확실하게 떨어져! 어정쩡하게 떨어지니 조금 전처럼 점수를 주지! 알겠지?"

"후우, 후우! 알겠다."

박완규 일병은 수현의 말에 숨을 몰아쉬며 대답을 하였다.

"자! 물은 먹지 말고, 입만 적시고 뱉어!"

수현은 박완규의 허벅지 근육을 풀어주며 물병을 박완규에게 물려주었다.

"먹지 말라니까? 너 뛰다 체한다."

"미안 너무 목이 말라서 나도 모르게!"

"알았으니, 크게 숨쉬고, 힘들면 확실하게 상대에게 붙던지 아니면 주변을 돌아! 조금 전에도 그냥 뒤로 물러나다 경고 받았잖아! 알겠지?"

수현은 조금 전 2라운드 막판에 박완규가 상대의 공격에 뒤로 빠지는 과정에서 막무가내로 뒤로 물러나는 바람에 경고를 받은 것을 상기시켰다.

심판은 선수가 시합 의지가 없이 뒤로 물러나게 되면 경고를 주고 2회 연속 경고를 받으면 감점을 준다.

박완규는 벌써 경고만 3번을 받아 1.5점이나 마이너스를 받았다.

한 번 더 경고를 받으면 2점을 뺏기게 된다.

그러니 수현은 이를 주지시켜주었다.

"선수 들어와!"

벌써 휴식시간 30초가 지났는지 심판이 선수들을 불렀다.

"다녀와! 내 지시에 귀 기울이고!"

"알았어!"

이번만 이기면 4강에 들어가게 된다. 잘만 하면 입상을 할 수도 있었다.

사실 수현이 보기에 판급에서는 그리 뛰어난 선수는 보이지 않았다.

물론 시합을 뛰어본 경험이 있는 이들이 몇 보이긴 했지만 수현의 눈에는 고만고만하게 보였다.

하긴 국가대표 선수의 경기를 봐 왔고, 또 수현이 있던 체육관에서 가르치던 태권도 선수들은 비록 초중학교 선수들이었지만 전국에서 노는 아주 뛰어난 선수들이었다.

그러니 그 아이들과 비교하면 보름달과 반딧불의 차이만큼이나 심했다.

*　　　*　　　*

전차대대 대표로 나온 이들은 수현의 코치에 힘입어 그럭저럭 성적을 냈다.

하지만 다들 고만고만한 실력들이라 수현의 코칭에도 불구하고 체급에서 1등을 한 사람은 없었다.

- 지금부터 80㎏ 이하 웰터급 시합이 벌어질 예정이니 웰터급에 출전하는 선수는 모두 본부석 앞으로 와주기 바란다.

스피커에서 라이트급 경기가 끝나고 다음 체급인 웰터급 시합의 진행을 알리는 방송이 나왔다.

"제 차례네요. 다녀오겠습니다."

수현은 방금 전 4강전에서 아깝게 패한 최승준 일병을 전차대대 대표들이 쉬고 있는 곳에 데려다주고는 본부석 앞으로 뛰어갔다.

"그래, 잘 하고 와라!"

뛰어가는 수현의 뒤로 방금 전 시합을 한 최승준의 말이 들렸지만 그것을 들었는지 못 들었는지 알 수 없었다.

시합은 세 개의 시합장에서 동시에 벌어지고 있었다.

준결승을 할 때 동시에 두 시합 그리고 결승 한 시합을 빼면 예선은 계속해서 세 개의 시합장에서 풀로 돌아간다.

그러다 보니 늦게 대회가 시작하였지만 금방 수현의 체급인 웰터급까지 오게 된 것이다.

아마 일과가 끝나기 전에 마지막 헤비급까지 시합이 끝날 것으로 보였다.

그도 그럴 것이 웰터급 위에 남은 미들급과 헤비급은 그 체중 때문에 참가 인원이 많지 않았기 때문이다.

대한민국 성인 평균 체중이 75kg 전후이기에 68kg~74kg까지인 라이트급과 74kg~80kg까지인 웰터급이 상대적으로 많았다.

그러다보니 웰터급 시합이 끝나면 1시간 내에 모든 시합이 끝날 것이다.

"차렷!"

시합이 진행이 되고 수현의 차례가 되어 시합장 안으로 들어갔다.

"경례!"

시합을 진행하는 주심의 지시가 떨어지고 25사단의 경례 구호인 '단결' 소리가 시합장 안에 울려 퍼졌다.

"단결!"

"단결!"

스타라이트

수현은 얼른 정신을 환기하고 상대를 보았다.

약간 통통한 편인 수현과 다르게 까무잡잡한 피부에 190㎝는 될 것 같은 장신이었다.

"마주보고 경례!"

수현은 주심의 지시대로 상대를 보며 인사를 하였다.

그런데 상대는 그런 수현을 보며 뭔가 가소롭다는 표정을 하며 비릿한 미소를 짓고 있는 것이 눈에 보였다.

'태권도는 예의로 시작해서 예의로 끝나는 운동인데, 이 놈은 참으로 예의가 없는 놈이구나!'

어려서부터 태권도를 배우며 수도 없이 들었던 이야기가 바로 태권도 정신이다.

격기 운동은 이런 예의가 사라지면 그때부터는 흉기와 다를 바가 없다.

그 때문에 태권도 지도자들이 분별력이 떨어지는 아이부터 어른에 이르기까지 매번 강조하는 것이 바로 예의다.

그래서 다른 격기 종목선수들에 비해 태권도 선수들이 폭력 사건을 일으키는 경우는 거의 없다.

물론 태권도 선수 중에서도 아주 드물게 사회적 물의를 일으키는 이들이 있기는 하지만, 상대적으로 봤을 때 극히 일부에 불과했다.

"시작!"

주심의 선언으로 경기가 시작되었다.

수현은 가볍게 스텝을 하면서 상대를 보았다.

상대 또한 가볍게 스텝을 하면서 수현을 잠시 살피는 듯 하더니 수현의 동글동글한 모습을 보고는 빠르게 공격을 시작했다.

"얍!"

강렬한 기합과 함께 상대는 수현의 얼굴을 노리는 상단 돌려차기를 하였다.

보통 태권도 시합에서는 이렇게 처음부터 상단 공격을 하지 않는다.

아주 실력 차이가 많이 나지 않는 이상 상대가 맞는 경우도 없을뿐더러 상단 공격은 공격할 때 빈틈이 많이 발생하기에 상대의 반격을 받을 수 있는 위험이 많았다.

그러다보니 보통 공격 성공률이 높은 상단 공격 보다는 몸통 공격을 주로 한다.

즉, 상대가 방심을 하기 전에는 상단 공격은 나오지 않는다는 것이 맞다.

하지만 상대는 수현의 외모만 보고 성급하게 상단 공격을 하였다.

수현은 그런 상대를 보며 살짝 뒤로 한 걸음 물러선 뒤, 뒤돌려차기를 하였다.

일명 회축이라 불리는 이 발차기는 동작이 커서 직접 공격을 하기 보단 방금처럼 반격을 할 때 주로 사용하는 발차

스타라이트

기다.

퍽!

수현이 한 뒤돌려차기는 상대가 방심을 하는 바람에 무척이나 깨끗하게 상대의 턱에 명중을 하였다.

쿵!

190㎝에 이르는 장신이 시합 시작과 동시에 턱에 발차기를 맞고 쓰러지는데, 너무도 정확하게 맞다보니 마치 고목이 쓰러지듯 앞으로 쓰러졌다.

"중지! 의무병!"

주심은 쓰러진 병사에게 다가가 그의 눈을 살폈다.

그리고 수현의 발차기에 쓰러진 상대가 기절했다는 것을 확인하고는 바로 시합을 중단시키고 의무병을 불렀다.

괜히 사고가 터지면 문제가 커질 수 있기에 대기를 하고 있던 의무병을 부른 것이다.

그렇게 수현의 첫 시합은 깔끔하게 1회 K.O로 출발을 하였다.

그리고 두 번째 시합도, 준결승인 세 번째 시합도 수현은 쉽게 승리를 하였다.

하지만 결승 상대는 지금까지 상대와 달랐다.

그도 그럴 것이 수현의 결승 상대로 나온 사람은 비록 입상 경력은 없지만 고등학교까지 태권도 선수를 했던 사람이었던 것이다.

수현도 그 사람이 시합을 하는 것을 보면서 태권도 선수 출신이 아닐까 예상을 하고 대기 중에 물어봤는데, 실제로 고등학교 때까지 선수 생활을 했다고 했다.

다만 대회에서 입상을 하지 못해 대학교에 장학생으로 입학하지 못했다는 이야기를 들었다.

그렇게 결승전이 진행되자, 역시나 선수 출신은 다르긴 달랐다.

자신은 선수를 하지는 않았지만 초중학교 선수를 양성하는 체육관에서 함께 운동을 하고 때로는 선수들의 상대가 되어 주기도 했지만, 고등학교 선수출신에게는 비교할 수 없었다.

1라운드에서 잘 방어를 하기는 했지만 2점이나 빼앗겼고, 2라운드에서는 무려 4점이나 빼앗겼다.

그에 비해 수현은 상대에게 1,2라운드 토탈 2점을 뺏은 것이 전부였다.

마지막 3라운드가 남아 있기는 하지만 이 상태라면 수현이 상대를 이길 가망성은 10%도 되지 않았다.

처음 결승에 진출을 했을 때만해도 이 정도면 충분히 할 만큼 했다고 생각을 했지만 막상 경기가 시작이 되자 욕심이 생겼다.

비록 상대가 선수 출신이라곤 하지만 이번만 이기면 4박 5일 휴가증을 받을 수 있다.

다른 부대야 어떤지 모르지만 수현이 있는 전차대대는 휴가증을 받는 일이 너무 힘들었다.

그도 그럴 것이 병사들의 인원이 너무 적다보니 병사들이 해야 할 일이 많았다.

그래서 휴가증은 물론이고 군에서 규정되어 있는 외출 외박도 규제를 하고 있었다.

그런데 이번만 이기면 휴가증을 받을 수 있는데, 상대가 선수 출신이라고 미리 포기를 하는 것은 억울한 생각이든 것이다.

하지만 시합이 시작이 되고 수현은 상대의 실력이 자신보다 더 좋다는 것을 느낄 수 있었다.

그렇지만 이대로 포기하기에는 너무도 억울한 생각이 들어 수현은 포인트 상점을 열었다.

'태권도 선택!'

보너스 포인트가 남아 있던 것을 생각한 수현은 그것을 태권도에 사용하기로 결정했다.

띠링!

— 포인트를 이용해 태권도 스킬의 레벨을 올리셨습니다.
— 태권도 스킬이 중급 3Lv로 상승했습니다.

'그나마 중급부터 시작해서 다행이다.'

수현은 처음 태권도 스킬이 생겼을 때 그것이 초급이 아니라 중급이라는 것에 놀랐다.

아마도 태권도를 이미 하고 있어서 초급이 아니라 중급으로 된 것인가 하고 추측할 뿐이었다.

알 수 없는 이 시스템으로 인해 잠시 어리둥절했지만 등급이 높으면 자신에게 손해날 것은 없기에 수현은 태권도 중급이란 것에 더 이상 의문을 갖지 않고 받아들였다.

'아무리 중급이라고 해도 저 사람은 선수 출신이야! 그렇다면 어떻게 하지?'

수현은 태권도 스킬의 레벨을 중급 3Lv로 올린 것 만으로는 안심이 되지 않았다.

잠시 고민을 하던 수현은 남은 포인트를 모두 사용해 태권도 스킬의 레벨을 올렸다.

— 태권도 스킬이 중급 3Lv에서 중급 5Lv로 상승하였습니다.

이제 보너스 포인트는 모두 소비를 했기에 보너스 포인트 창은 사라지고 없었다.

그런데 상태 창에서 수현을 눈을 끄는 것이 있었다.

그것은 바로 상태 창에 남아 있는 보너스 스탯이었다.

레벨 업을 하면서 받은 보너스 스탯이 아직 3이나 남아 있는 것이 수현의 눈에 들어왔다.

'저거다!'

수현은 망설이지 않고 보너스 스탯 3를 모두 민첩에 올인하였다.

22였던 민첩 수치가 바로 25로 올랐다.

이게 얼마나 많은 영향을 줄 것인지 알 수는 없었지만 현재 수현이 할 수 있는 것은 이게 전부였다.

"선수 제자리로!"

수현이 보너스 스탯 모두를 민첩에 올인한 직후 주심이 부르는 소리가 들렸다.

"준비! 시작!"

수현이 시합장 중앙 자신의 자리에 서고 상대도 제자리에 위치를 하자 주심은 경기를 시작시켰다.

"후우! 후우!"

수현은 차분하게 호흡을 가다듬었다.

확실히 스탯을 올리고, 또 포인트를 이용해 스킬 레벨을 올리고 나니 조금 전 1라운드와 2라운드를 뛰었을 때와는 그 느낌이 달랐다.

그 때문인지 수현은 살짝 떨리기 시작했다.

이는 두려움 때문에 떨리는 것이 아니라 선수 출신과 할 만 해진 것만 같은 느낌에 흥분을 한 것이다.

앞으로 2분 30초 뒤면 이번 시합이 끝난다.

"정수현 일병 파이팅!"

"권제관 상병님, 죽여 버리세요!"

여기저기서 응원하는 소리가 들렸지만 집중을 한 수현의 귀에는 아무런 소리도 들리지 않았다.

쿵!

"합!"

수현의 상대는 선수 출신이라 그런지 무척이나 신중했다.

페이크까지 사용하며 수현의 공격을 유도하며 신중하게 수현의 빈틈을 노렸다.

하지만 수현도 이번 라운드가 마지막이기에 상대의 속임수에 속지 않고 신중하게 상대의 빈틈을 살폈다.

"얍!"

수현은 상대가 자신을 살피기 위해 조심을 하느라 선공을 하지 않는 것을 깨닫고 먼저 공격을 하기로 작정을 하였다.

이미 4점을 지고 있는 상태라 이대로 가면 상대에게 유리해지기 때문이다.

그래서 커다란 기합과 동시에 빠른 발 공격을 시전했다.

빠른 발이란 뒤에 대기하고 있는 발로 공격을 하는 것이 아니라 상대의 앞으로 내밀고 있는 발로 공격을 하는 것을 말한다.

하지만 그러다 보니 발에 힘이 덜 실리게 되어 득점을 하기 위해선 정확한 공격이 필요했다.

스타라이프

펑!

"어!"

갑자기 빨라진 수현의 동작을 다 읽지 못하고 상대는 그 대로 공격을 허용하고 말았다.

수현은 이에 그치지 않고 가까이 붙은 상태에서 나래차기를 계속해서 연속기로 사용했다.

팡! 팡팡! 팡팡팡!

한 번이 아니라 상대가 아직 자신의 공격에 당황하고 있는 지금이 기회라는 생각에 공격이 막히기 전까지 계속해서 나래차기를 하였다.

정말이지 한 순간이었다. 수현이 빠른 발 공격에 이어 가까이 붙어 나래차기를 하고 발이 땅에 닿기 무섭게 다시 한 번 뛰어 올라 공격을 하면서 상대는 수현의 공격을 막지 못하고 점수를 허용했다.

1, 2라운드를 하면서 벌어졌던 4점차는 순식간에 줄어들어 버렸다.

웅성! 웅성!

갑자기 수현이 달라진 모습을 보이자 시합을 구경하던 이들이 웅성거리기 시작했다.

1, 2라운드가 진행이 되면서 누가 승자인지 이미 결론이 난 것처럼 보였는데, 갑자기 3라운드 들어와서 양상이 바뀌었기 때문이다.

꾸욱!

확 바뀐 수현의 빠른 공격에 정신을 차릴 수가 없던 상대는 더 이상 점수를 주면 안 되겠는지 수현의 몸을 붙들었다.

가깝게 붙어 공격을 하고 있던 중이라 상대가 몸을 붙들자 수현의 동작이 막혀 버렸다.

"후우! 후우!"

수현도 더 이상 헛힘을 쓰기 보단 한 순간에 몰아치면서 제대로 쉬지 못했던 호흡을 가다듬기 위해 그 또한 상대를 붙들고 숨을 골랐다.

"갈려!"

두 사람이 서로 공격을 하지 않고 클러치 상태로 소강상태가 되자 주심이 나서서 두 사람을 떨어뜨렸다.

주심은 이렇게 클러치 상태로 경기가 소강상태가 되면 원활한 경기 진행을 위해 두 선수를 떼어내고 다시 경기를 진행시킨다.

"시작!"

쿵! 쿵!

서로 떨어진 상태에서 스텝을 밟으며 수현은 조심스럽게 다시 공격을 하기 위해 상대의 빈틈을 보았다.

하지만 조금 전과는 다르게 상대 또한 긴장을 하면서 수현을 노려보았다.

그도 그럴 것이 방금 전 한 순간에 공격을 허용해 4점이나 이기고 있던 점수가 오히려 1점차 역전이 되었기 때문이다.

조금 전까지만 해도 시간이 흐르길 기다리던 것은 그였는데, 이제는 점수가 역전이 되었기에 급해진 것은 수현의 상대였다.

"합!"

상대는 이제 1분 30초 정도 밖에 시간이 남지 않자 공격을 시작했다.

공격이 먼저 들어오자 수현은 기다렸다가 상대의 빈틈에 빠른 발 공격을 하였다.

아직 1분여가 남아 있었기에 수현은 신중하게 공격과 방어를 하면서 상대의 빈틈을 노렸다.

비록 태권도 스킬이 중급 5Lv이고, 민첩 스탯을 올렸다고 해도 상대는 오랜 기간 태권도 선수로써 몸에 시합이 배인 사람이다.

그러니 스킬이 상승했고, 민첩 스탯을 올렸다고 방심할 수가 없었다.

전진 스텝을 뛰며 상대에게 가까이 다가갔다가 사이트 스텝으로 몸을 빼며 공간을 만들었다.

공간이 만들어졌으면 공격을 해야 한다.

이는 수 없이 반복했던 것이기에 수현은 공간이 만들어지자 바로 돌려차기에 이어 나래차기 연결 공격을 하였다.

단타 보다는 연속으로 공격을 해야 점수를 낼 확률이 높고, 또 최선의 공격이 최선의 방어라고 하지 않던가. 남은 시간을 끌기 위해 뒤로 물러서다 경고를 받고 또 감점을 받게 된다면 시합이 어려워진다.

그러니 수현은 앞으로 남은 시간 동안 상대가 감히 공격할 엄두도 내지 못할 정도로 밀어 붙이기로 작정을 하였다.

팡! 팡!

수현의 공격이 모두 점수로 이어지는 것은 아니다.

타이밍이 어긋나거나 타점이 제대로 들어가지 않았을 때는 점수가 되지 않았다.

그래도 계속해서 공격을 하다 보니 1점 2점 점수가 늘어나기 시작했다.

이런 수현의 공격에 상대 또한 이대로 가면 자신이 질 것이란 생각을 했는지, 상대도 맞불작전으로 받아치기 시작했다.

팡! 팡!

그러다 보니 상대 또한 수현이 점수를 내는 것처럼 그 또한 수현에게서 점수를 뺏어갔다.

와! 와!

"잘한다."

다른 체급에서는 결승전이 조금은 싱겁게 끝나는 경향이

스타라이트

있었는데, 웰터급 결승전은 결승전에 진출한 선수 둘 모두 실력이 뛰어나다보니 무척이나 박진감 넘치고 구경할 맛이 났다.

그러다보니 이를 구경하는 사람들도 시합을 하는 두 사람을 소리 높여 응원했다.

삐이!

"그만!"

호루라기 소리가 들리고 시합 시간이 모두 끝났다는 신호가 울리면서 주심은 접전을 벌이고 있는 두 사람을 떼어놨다.

"헉! 헉!"

"허억! 허억!

두 사람은 누구 할 것 없이 숨을 헐떡이고 있었다.

그 만큼 산소 소모가 심했기에 심호흡을 하며 폐로 산소를 들이켰다.

주심은 시합이 끝나고 본부석으로 다가갔다.

시합의 결과를 듣기 위해 가는 것이다. 하지만 주변에 구경을 했던 사람들이나 주심 모두 누가 이번 경기에서 승리를 했는지 알고 있었다.

다만 이 모든 것은 경기의 절차였기에 확실하게 심판석에 앉아 있던 선심들의 결과지를 듣고 판단을 하기 위해 간 것이다.

"홍 승!"

주심은 결과를 보고 돌아오면서 수현의 손을 들어주었다.

"와!"

짝짝짝!

결승전 결과가 발표되면서 구경하던 사람들이 환호를 하며 박수를 쳐주었다.

결과가 나오기 전 시합을 할 때만 해도 자신이 속한 부대 병사를 응원하던 것과 다르게 결과가 나오자 경기를 하느라 고생한 두 병사에게 환호를 보내는 것이다.

"수고하셨습니다."

수현은 결과가 발표되고 주심과 본부석 장교들을 향해 경례를 하고, 또 방금 전까지 자신과 시합을 한 상대 선수를 향해 인사를 하였다.

"수고하셨습니다."

상대 또한 시합 결과에 아쉬움은 남았지만 마주 인사를 해주었다.

상대와 인사를 마친 수현은 전차대대에서 함께 온 병사들이 모여 있는 곳으로 걸어갔다.

"오! 1등 축하한다."

"축하해!"

수현이 다가가자 먼저 시합을 마친 박완규 일병과 최승준 일병이 축하를 해주었다.

헤비급에 출전하는 김기석 상병은 시합을 하기 위해 본부석에 마련된 대기석으로 간 것인지 보이지 않았다.

"고마워!"

"야! 휴가증 받아서 좋겠다."

"하하!"

시합에서 1등을 하였기에 부상인 4박 5일 휴가증을 받게 되었지만, 아직 모든 시합이 끝난 것은 아니었기에 아직 휴가증을 손에 쥐지는 못했다.

그렇지만 수현은 박완규 일병의 말에 그저 웃어보였다.

사실 박완규 일병도 조금만 더 잘했으면 1등을 할 수도 있었다.

하지만 준결승에서 하필 부상을 당하는 바람에 경기에는 이겼지만 결승전에는 출전할 수가 없었다.

정말이지 준결승 상대가 너무도 좋지 못했다.

상대가 교묘한 반칙을 하면서 박완규 일병을 공격했던 것이다.

발등을 밟는다던가, 아니면 주먹으로 얼굴을 공격하는 등 야비한 공격을 했다.

그 때문에 상대는 반칙패를 당했지만 박완규 일병은 발톱이 빠지는 부상을 당했고, 그 때문에 결승전에는 출전도 하지 못하고 상대는 부전승으로 1등을 하게 되었다.

그래서 그런지 박완규 일병의 얼굴에는 진한 아쉬움이 남은 모습이 보였다.

"곧 김기석 상병의 시합이 시작할 것 같네요. 다녀올게요."

수현은 박완규 일병의 표정에서 그런 모습을 확인하고는 얼른 자리를 떠났다.

미들급 시합과 헤비급 시합은 참가 인원이 얼마 되지 않아 동시에 벌어졌다.

결과적으로 김기석 상병은 첫 번째 시합에서 패하고 말았다.

자신의 체력은 생각지 않고 1, 2라운드에 너무 무리를 하는 바람에 3라운드에는 뛰지도 못하고 가만히 서 있다 상대의 공격을 허용해 진 것이다.

그렇게 전차대대에서 온 수현과 병사들은 1등 1명과 2등 1명, 그리고 4강 진출자 1명이라는 성적을 얻으며 사단장 주체 태권도 대회를 마쳤다.

모든 시합이 끝나고 시상식을 마치고 부대로 돌아오는 2.5톤 트럭 안에서 수현은 시상식이 끝나기 무섭게 들려온 알람을 확인했다.

그때는 다른 사람들이 있어 미쳐 확인을 하지 못했는데, 지금은 어느 정도 여유가 있기에 그것을 살폈다.

띠링!

― 레벨이 상승하였습니다.

〔캐릭터 정보〕

이름: 정수현
직업: 군인(일병)
레벨: 6
경험치: 5%
특기: 태권도(4단)

힘: 25
지능: 28
정신: 13
민첩: 25
체력: 21

보너스 스탯: 1
보너스 포인트: 2

― 업적을 달성했습니다! 태권도 대회에서 입상을 하였습니다.(추가 경험치와 보너스 포인트 1이 주어집니다.)

‘아! 그래서 상태 창에 보너스 포인트가 1이 아니라 2구나! 업적을 달성해도 보너스 경험치와 포인트가 주어지나보군!’

수현은 이번에 새로운 것을 알게 되었다.

그리고 이번 시합에서 1등을 하면서 사단 대표가 되어 육군참모총장배 태권도 대회를 참가하게 되었으며, 대회에 나가 메달을 획득하는 기염을 선보였다.

이때는 단순히 보너스 경험치와 스탯 포인트뿐만 아니라 ‘카리스마’라는 특수한 스탯도 얻을 수 있었다.

물론 스킬이 중급 5Lv이었고 또 민첩 스탯이 25나 되었지만 그것만으로는 전국의 몰려든 엘리트 태권도 선수들을 모두 이길 수는 없었다.

이번 업적을 달성하면서 얻은 포인트를 포함해서 대회 준비 기간에 얻게 된 포인트를 모두 태권도 스킬에 투자했기에 가능한 일이었다.

Chapter 6

생각과 다른 현실

태권도 스킬을 살피다 부대 대표로 나간 태권도 시합을 떠올렸던 수현은 자신도 모르게 미소를 지었다.

 군대를 제대한 뒤에 자신의 직업을 태권도 사범으로 결정을 내린 뒤였기에 스킬 레벨을 올리는 것에 포인트가 아깝지 않았다.

 그리고 영어 같은 경우에도 대한민국 사회에서 영어를 잘한다면 큰 도움이 될 것이란 생각에 상급 1Lv까지 올렸고, 불어의 경우에는 외국어로 영어 하나만 하는 것이 아니라 다른 것이 뭐 없나 생각하다가 고등학교 때 잠깐 제2외국어로 배웠던 불어가 생각나 불어를 중급까지 올린 것이었다.

영어는 기본이고 또 다른 외국어도 한 가지 더 알고 있다면 뭔가 있어 보였기도 하고 배워 두면 언젠가 도움이 될 것이라는 생각에 포인트를 사용해 불어를 익혔다.

그리고 춤과 음악의 경우는 사실 애인이었던 선혜가 연예인이 되겠다며 일방적으로 이별 통보를 한 것에 반발해 자신도 연예인으로 성공을 하여 자신을 차버린 선혜에게 복수를 하겠다는 치기에서 올린 것이다.

하지만 수현은 포인트를 사용해 스킬을 등록하였지만 레벨은 하급 3Lv에서 포기를 하였다.

어렵게 습득한 포인트를 그런 곳에 사용하는 것보단 다른 유익한 것, 자신에게 더욱 도움이 되는 것에 사용하는 것이 더 좋을 것 같다는 생각이었다.

다른 스킬은 1Lv만 되어도 뭔가 확 달라지는 것이 느껴졌는데, 이 음악과 춤은 3Lv이 되었으면서도 별로 달라진 것을 느낄 수가 없었다.

그도 그럴 것이 기본적으로 수현이 가진 음악적 소양과 재능이 일반인에서 더하지도 덜하지도 않은 평균이었기 때문이다.

물론 레벨을 중급 이상으로 더 올렸다면 어쩌면 달라질 수 있었겠지만, 그렇게까지 포인트를 소모하는 것은 당시 수현이 생각하기에 효율적이지 못하단 판단이었다.

그리고 군대 내에서 2년 동안 갇혀 있는데, 춤과 음악 레벨을 올린다고 좋은 것이 뭐가 있겠는가. 이런 이유로 두 스킬의 레벨은 포인트가 남아 있음에도 수현은 그것을 건드리지 않았다.

웃긴 건 바로 마지막 타이핑 스킬이다.

군에 오기 전 수현에게 딱히 필요가 없었기도 하고, 자판 앞에 앉아 무언가를 하기보다는 태권도 도장 등에서 몸을 움직이며 하는 일이 많았기에 수현은 병장 계급을 달고 일직 근무를 서기 시작하면서 처음 타이핑을 배웠다.

딱히 배운 것은 아니었지만 부대에 면회가 오거나 하면 외출증이나 외박증을 신청하기 위해 타이핑을 해야만 했다.

처음에는 타이핑을 하는 것이 무척이나 어려워 한 손가락을 이용한 일명 병아리 타법이라고 불리는, 한 글자를 치고 확인하고, 다시 한 글자를 치고 확인하는 식의 타이핑을 하였다.

그것이 무척 답답해 포인트를 이용해 레벨을 올릴까 생각도 했었다.

살펴본 결과 포인트 상점에도 타이핑이 있었다.

하지만 결과적으로 수현은 그것에 포인트를 소비하지 않고 그냥 익숙해지도록 연습을 하기로 했다.

이는 춤과 음악처럼 굳이 사회에 나가서 타이핑을 써먹을 일이 없을 것 같아 그런 것이다.

그런데 천재는 노력하는 범재를 이길 수 없으며, 노력하는 이는 즐기는 이를 이길 수 없다고 했던가. 타이핑을 할 때마다 울리는 찰칵! 찰칵! 하는 소리가 듣기 좋아 그것을 즐기며 열심히 노력을 하다 보니 어느 순간 굳이 타이핑을 할 때 자신이 어떤 글자를 쳤는지 확인하지 않고 할 수 있을 정도가 되었다.

더욱이 타이핑을 할 때의 찰칵거리는 소리를 더욱 길게 듣고 싶은 마음에 열 손가락 전부를 이용해 타이핑 하는 것도 자연스럽게 익히게 되면서 수현의 타이핑 레벨은 저절로 중급에 오르게 된 것이다.

그 때문인지 수현은 다른 어떤 스킬보다 이 타이핑 스킬에 많은 애착을 가졌다.

이는 순수하게 자신의 노력으로 올린 유일한 스킬이기 때문이다.

다른 스킬이 필요에 의해 익히고 노력을 한 것에 반해 타이핑 스킬은 즐기면서 해서 그런지 레벨도 금방 올랐다.

이렇게 수현이 자신의 상태 창과 스킬 창을 정리하고 있을 때, 갑자기 누군가 다가와 어깨를 쳤다.

탁!

"뭐하냐?"

"으응?"

수현은 갑자기 누군가 등 뒤에서 어깨를 치자 깜짝 놀랐다.

레벨이 오르면서 누군가 주변에 접근을 하면 금방 눈치를 챘었는데, 조금 전에는 전혀 그런 낌새를 알아채지 못했기 때문이다.

"아! 세현이었구나! 무슨 일이냐?"

자신의 어깨를 친 사람이 동기 세현이란 것을 확인한 수현은 가볍게 물었다.

"뭔 생각을 하는데, 뒤에서 부르는데 대답도 않고 있었던 거냐?"

세현은 자신이 몇 번을 불러도 대답도 않고 멍해 있던 수현에게 질문을 하였다.

"응, 별거 아냐. 그냥 나가서 뭐 할까 고민 좀 했다."

수현은 상태 창과 스킬 창을 정리하던 것을 들키지 않기 위해 변명을 했다.

사실 방금 전 수현이 대답한 말은 전역을 앞둔 장병들의 공통된 고민이다.

물론 그렇지 않은 이들도 간혹 있기는 하지만, 일반적으로 가정 형편이 부유하지 않은 장병들은 전역 후 진로에 대한 고민을 한다.

그 때문에 몇몇 장병들은 그렇게 고갯짓을 하던 군 생활을 다시 하기도 한다.

그게 무슨 말인가 하면, 장기 복무 지원을 한다는 말이다.

일병 이상이면 사병도 누구나 장기 본부 지원 신청을 하여 하급 간부, 즉 부사관으로 임관을 할 수가 있었다.

그렇게 장기 본부 지원을 하면 우선 부사관 학교로 전출을 가서 부사관 교육을 받고 자대로 복귀를 하게 되는데, 일반적으로 이때 사병으로 근무를 했던 호봉을 인정해 월급이 같이 임관한 부사관에 비해 조금 더 높다.

그 때문인지 전역 후 미래가 불안한 장병들 중에선 부사관으로 장기 본부 지원을 하는 경우가 종종 있었다.

수현의 동기 중에서도 한 명 장기 본부 지원을 한 사람이 나왔다.

본부중대에 있던 동기 한 명이 전역을 앞두고 장기 본부 지원을 한 것이다.

갑작스럽게 가세가 기울면서 대학을 다니기 위해 받았던 학자금 대출을 제때 갚을 수 없게 되자 고민 끝에 장기 본부 지원을 한 것이었다.

그 때문에 다른 동기들은 모두 전역을 하는데, 그 동기만 수현과 동기들이 전역을 하는 것을 지켜보다 이틀 뒤에 부사관 학교로 부사관 교육을 받으러 가게 되었다.

"다른 기다린다. 가자!"

내일이면 모두 헤어지기에 동기들이 모두 모여 한잔하기로 하였다.

이는 중대장 허락을 받고 모이는 것이기에 일직사관도 눈감아 주었다.

"그래, 가자!"

세현과 함께 휴게실로 가니 그곳에는 수현과 세현이 속한 1중대만이 아닌 다른 중대 동기도 있었고, 부사관 지원을 한 본부중대의 동기 박지훈도 있었다.

"어? 지훈이도 있었네?"

"그래 내가 불렀다."

박지훈을 발견하고 놀란 세현의 말에 수현이 대답했다.

비록 부사관 지원을 했다고 해도, 같은 날 입대를 하고 또 후반기 주특기 교육도 함께 받아 자대에 배치를 받았던 동기 아닌가. 비록 자대 배치를 받고 부대 사정에 의해 중대가 나뉘기는 했지만 다른 사람보단 어찌 되었든 가까운 사이가 아닌가. 그래서 부른 것이다.

"그래? 아무튼 잘 왔다. 같이 한잔하자!"

세현은 그 성격처럼 거침없이 말을 하며 맥주 캔을 들고 말을 하였다.

그 말에 동기들은 미소를 지으며 세현을 따라 맥주 캔을 들어 부딪치고 맥주를 마셨다.

"크의! 좋다."

맥주를 마신 진국은 식도를 타고 오르는 탄산을 뱉어내며 소리쳤다.

"그래, 어떻게 된 것이 밖에서 마시는 맥주는 이런 맛이 나지 않을까?"

동기 중 한 명이 진국의 말을 받으며 말을 하였다.

확실히 그의 말대로 희한하게 군대에서 먹는 밖의 음식은 어떤 것이 되었든 밖에서 먹는 것 보다 맛이 더 좋았다.

이는 분명 심리적인 요인이 작용하겠지만 어찌 되었던 그 맛을 따를 것이 없었기에 참으로 희한했다.

"그래 내일이면 헤어지는데, 너희 앞으로 뭐할 거냐?"

문득 세현이 동기들을 보며 물었다.

"난 아버지 회사 들어갈 것 같은데."

가장 먼저 진국이 자신의 계획을 이야기했다.

진국의 아버지는 고향이 함경도로, 6.25 사변 때 피난 온 실향민이었다.

물론 아주 어릴 때 부모를 따라 내려왔기에 기억은 없지만 실향민들이 그렇듯 통일에 대한 열망이 대단했다.

그래서 통일이 되면 고향에 남은 친척들에게 자신이 성공한 모습을 보여주기 위해, 또 어렵게 살고 있을 친척들을 돕기 위해 사업을 하였고, 성공을 하여 중소기업을 운영하고 계셨다.

진국은 그런 아버지를 돕기 위해 제대를 하면 그곳에 입사를 할 것이라 복무 중에도 간간히 이야기를 했었다.

"난 복학해야지."

또 다른 동기가 말했다.

그 말을 할 때, 박지훈의 표정이 살짝 굳었다.

동기는 복학을 하는데, 자신은 가정 형편 때문에 제대가 아닌 장기 복무를 신청했기 때문이다.

"그래, 승희는 복학을 할 것이고, 그럼 대성이는 제대하면 뭐할 거냐?"

문득 수현이 조용히 맥주를 마시고 있는 대성이를 보며 물었다.

군대에 오기 전 영화 제작소에서 스텝을 하다 온 대성이기에 모두의 시선이 그에게 쏠렸다.

"나? 나야 다시 영화판으로 가야지! 내 자리가 거긴데!"

대성은 마치 당연한 일을 가지고 질문을 하느냐는 듯 당당하게 자신이 원래 있던 자리로 돌아갈 것이란 말을 하였다.

그런 대성의 자신감 넘치는 대답에 모두 할 말을 잊었다.

"그래, 그럼 나중에 너 찾아가도 연예인들 싸인 받아 주는 거지?"

세현은 갑자기 대성에게 다가가 어깨동무를 하며 은근한 목소리로 물었다.

"하하하, 이 새끼는 진짜로 연예인에 관심 졸라 많아요. 알았다. 너희가 찾아오면 내가 다 싸인 받아줄게! 아니, 사진도 찍어줄게!"

대성은 큰 소리로 호언장담을 하였다.

"좋았어!"

한 순간 동기들의 마지막 회합은 그렇게 와자지껄하게 진행이 되었다.

하지만 그런 파티도 얼마 가지 않아 끝을 맺었다.

부대 안이라 사병이 구할 수 있는 술의 양이란 것이 정해져 있고, 또 아무리 중대장의 허락이 있었다고 해도 사병들이 늦은 시각 마음대로 돌아다닐 수 있는 것은 아니었기 때문이다.

1시간 정도의 짧은 파티였지만 수현의 동기들은 오랜만에 모두 모여 즐거운 시간을 보내고 각자 자신의 중대로 복귀를 하였다.

＊　　　＊　　　＊

"신고합니다. 병장 정수현 외 2명은 20xx년 x월x일에 전역을 명 받았습니다. 이에 신고합니다."

날이 밝자 수현과 동기들은 중대장에게 전역 신고를 하였다.

중대장 신고가 끝나면 CP로 가서 대대장 신고를 하면 정말로 끝이었다.

원래는 사단 본부에 가서 사단장 신고까지 해야 하지만, 그건 절차가 너무 복잡하다는 이유로 사단장이 처음 이곳에 취임을 하면서 직할 대대는 대대장 신고로 끝내라는 명령을 하였기에 수현과 동기들은 중대장 신고와 대대장 신고만 끝내면 모든 절차가 끝난다.

"그래, 정수현 병장, 수고가 많았다. 한세현 병장은 집이 장파리이니 가끔 보겠네?"

중대장은 세현을 보고 미소를 지으며 말을 하였다.

"으, 중대장님! 전 전역하면 바로 여길 떠날 건데요."

세현은 중대장인 조금섭 대위의 질문에 미소를 지으며 농담을 하였다.

이미 중대로 전출을 왔을 때부터 사병들과 농담도 하고 친근하게 어울렸던 중대장이기에 세현은 중대장의 질문에 농담처럼 가볍게 장난을 친 것이다.

아닌 게 아니라 어쩌다 보니 우연의 일치로 중대 작전 지역과 세현의 집이 겹쳐 있었다.

그 때문에 훈련을 나갈 때나 진지 보수 공사를 하러 갈 때면 세현은 집에 가서 이바지를 했었다.

많이 나아졌다고 해도 군대 식사란 것이 참으로 부실하다.

그런데 훈련을 할 때나 진지 보수 공사를 하기 위해 작전 지역에 나가면 세현의 집에서 어떻게 알았는지 진지로 여러 가지 반찬을 푸짐하게 마련해 가지고 왔던 것이다.

그러니 세현이 전역을 한다고 하니 중대장도 살짝 아쉬웠던 것이고, 이런 농담을 하는 것이었다.

"권진국 병장! 수고했다. 나가서도 군대에서 그랬던 것처럼 열심히 하기 바란다. 모두 고생 많았다."

조금섭 대위는 세 사람의 어깨를 다시 한 번 두들겨 주면서 덕담을 하였다.

"어서 가봐라!"

조금섭 대위는 신고를 짧게 끝내고 밖으로 내보냈다.

수현과 동기들이 중대장실을 나오자 밖에는 행정보급관과 중대 간부들이 모두 나와 기다리고 있었다.

짧게나마 전역을 하는 이들을 배웅하기 위해서다.

"정수현이, 한세현이, 그리고 권진국이 고생 많았다. 잘 가라!"

행정보급관은 간단한 말로 이들을 격려하였고, 다른 간부들도 행정보급관과 대동소이한 말로 이들의 전역을 축하해 주었다.

"그동안 저희를 돌봐주시느라 감사했습니다. 가보겠습니다."

중대 간부들의 순서가 끝나고 행정반을 나오자 이제는 후임들이 대기하고 있었다.

모두 아쉬운 표정으로 제대를 하는 수현과 동기들을 배웅을 해주었다.

"잘 가십시오. 나중에 찾아갈 겁니다."

몇몇 후임들은 전역을 하는 이들에게 나중에 찾아오겠다는 말을 하며 아쉬움을 달랬다.

그렇게 중대장 신고와 중대 간부들 그리고 후임들의 배웅을 받고 대대장 신고를 끝낸 수현과 동기들은 부대를 나섰다.

"고생했다."

부대 밖에는 자식들의 제대를 기다리던 동기들의 부모님들 몇 분이 자가용을 가져와 기다리고 계셨다.

그래서 동기들은 조금 더 일찍 헤어지게 되었다.

*　　　*　　　*

얍! 얍!

팡! 팡!

태권도 도장, 아이들이 열심히 기합을 지르며 발차기를 한다.

수현도 아이들과 함께 기합을 지르며 발차기를 하고 있었는데, 원래 아이들 속에서 함께할 것이 아니라 아이들 앞에서 아이들을 지도하고 있어야 했지만 사정은 그렇지 못했다.

원래 수현이 군대에 가기 전 보조 사범을 하고 있었는데, 관장님은 수현이 군대를 제대하고 오면 수현에게 사범의 자리를 만들어 주겠다고 약속을 했다.

그 때문에 군대 입영 영장을 받고서도 열심히 도장에 나가 열심히 아이들을 가르쳤고, 또 휴가를 나와서도 휴가 기간에 도장에서 열심히 운동을 하면서 보조 사범 역할을 했던 것이다.

그런데 수현이 제대를 하고 오니 태권도 도장의 사정이 바뀌어 있었다.

그게 무슨 소린가 하면, 수현이 제대를 하기 반년 전 수현보다 먼저 제대를 한 수현의 선배가 도장에 사범으로 자리를 잡았던 것이다.

선배가 먼저 사범으로 왔는데, 자신을 가르쳤던 관장에게 사범 자리를 달라고 할 수도, 그렇다고 선배에게 자리를 양보해 달라고 할 수는 없는 일이 아닌가. 그 때문에 제대를 하기 전 부대 안에서 세웠던 계획은 모두 수포로 돌아갔다.

사실 말년 휴가를 나왔을 때까지만 해도 선배는 곳 자신의 도장을 차릴 것이라 말을 했었다.

하지만 불과 며칠 사이에 선배의 사정이 바뀌어 있었다.

인수를 하려던 태권도 도장이 사정으로 계획이 무산되면서 선배가 그냥 도장에 남게 되었다.

자신의 도장을 인수하지 못한 상태에서 선배에게 자리를 양보하라고 말을 할 수 없는 수현은 그냥 몇 달 기다리기로 하였다.

수현과 관장의 약속을 알고 있었고, 그 때문에 서둘러 자신의 도장을 인수하려 했던 선배였기에 수현도 양보를 했다.

더욱이 겨우 6개월 정도였지만 아이들이 선배를 사범으로써 무척이나 따르고 있었기에 그 틈을 무턱대고 비집고 들어가기에는 수현의 면이 그리 두껍지 않았던 것도 이유였다.

"이번에는 연속 발차기 4회, 돌려 차고 돌려 차고 나래 차기! 합!"

스타일라이드

사범의 구령에 선두에 섰던 아이는 기합을 지르며 지시대로 발차기를 하였다.

"합!"

팡! 팡! 팡팡!

마치 타악기를 치듯 리듬감 있게 터지는 미트 소리가 도장 안을 울렸다.

팡! 팡! 팡팡!

"수현아!"

미트 발차기가 몇 바퀴 돌자 사범인 태권이 수현을 불렀다.

"예!"

태권의 부름에 수현이 대답을 하였다.

"출석 정리 좀 해야 하니 네가 좀 미트 좀 잡아라!"

"알겠습니다."

수현은 선배인 태권의 부탁에 흔쾌히 대답을 하고 미트를 받아들었다.

팡!

잠시 수현과 태권이 미트를 바꿔 잡는 동안 중단이 되었던 발차기가 다시 시작을 알렸다.

마치 영화나 드라마 촬영장에서 슬레이트가 탁! 하고 부딪히며 시작을 알리는 것처럼 수현은 양손에 든 미트를 부딪히며 요란한 시작을 알린 것이다.

팡! 팡! 팡팡!

"이번에는 발차기 5연속으로 돌려 차고 나래 차고 돌려 차고 마지막으로 상단 돌려차기! 합!"

조금 전에는 4회 연속 발차기로 무도 몸통 돌려차기를 하였는데, 수현은 이번에는 발차기에 변화를 주어 마지막에는 상단 돌려차기를 주문하였다.

"합!"

팡! 팡팡! 팡! 펑!

조금 전보다 조금 더 어려운 발차기 주문이었지만 발차기를 하는 아이들은 평소에 하는 것이라 그런지 무척이나 가볍게 성공을 하였다.

물론 모든 아이들이 그런 것은 아니었지만 대체로 발차기가 수현이 대주는 미트에 깔끔하게 들어가면서 맑은 소리를 냈다.

사실 아이들이 지르는 발차기도 발차기지만 미트에서 저렇게 듣기 좋은 소리가 나는 것은 미트를 대주는 사람이 미트를 아주 정확하게 대주고 있기 때문이다.

연속 발차기를 할 때면 빠르고 또 자연스럽게 연결 동작으로 발차기를 해야 하기 때문에 한 동작씩 할 때와는 다르게 발차기가 부정확한 궤도를 그리게 된다.

그 때문에 미트를 대주는 사람이 발차기를 하는 사람의 발등에 정확하게 일치가 되게 대주지 않으면 소리는 둔탁하고 듣기 싫은 소리가 나게 되는 것이다.

이렇게 되면 발차기를 하는 사람이나 대기를 하는 사람, 그리고 미트를 대주는 사람 모두 리듬이 흐트러져 훈련의 효과가 떨어지게 된다.

그 때문에 미트를 잡는 사람은 보통 사범이나 숙련된 사람만이 미트를 잡는다.

팡! 팡!

"그만! 정렬!"

한참 미트 차기를 하고 있는데, 관원들의 출석 정리를 하던 태권이 돌아와 미트 차기를 중단시켰다.

어느새 시간이 운동을 마칠 때가 되었기 때문이다.

하루 한 시간씩 1타임으로 운동을 한다.

태권도 도장에 다니는 아이들은 이렇게 정해진 타임에 맞춰 도장에 나와 운동을 하고 한 시간 운동을 하고 집으로 돌아간다.

"차렷! 사범님께 경례!"

한 아이가 대표로 구령을 붙였다.

"수고하셨습니다."

남은 아이들은 구령에 맞춰 자신들을 가르쳤던 태권에게 감사의 인사를 하며 운동을 끝냈다.

"그래, 수고 했다. 남아서 더 운동을 할 사람은 남고 아닌 사람은 차에 타고 있어라!"

방금 끝난 것이 오늘의 마지막 타임, 즉 고등학생 이상의 일반부 운동 시간이라 벌써 저녁 9시였다.

원칙적으로 일반부에는 초중학생은 받지 않는데, 그런 것이 지켜지는 태권도 체육관이나 도장은 거의 없다.

태권도 도장도 어차피 돈을 벌기위해 운영을 하는 것이기에 낮 시간에 사정상 오지 못한 이들이나 피치 못할 사정으로 그 시간에는 시간을 내지 못하는 아이들은 고등학생과 대학생 등 일반부가 운동을 하는 저녁 타임에 나오기도 한다.

그래서 사범인 태권이 이런 아이들을 집에 도장 차로 데려다 주는 것이다.

그에 반해 일반부 관원들은 한 시간만으로는 사실 조금 부족한 운동 시간이다.

본격적인 운동을 하기 전 스트레칭을 하는 시간, 품새 등 기본 운동, 그리고 조금 전 미트 차기와 같은 운동을 분배하다 보면 후련하게 운동을 했다는 느낌이 부족했다.

그 때문에 일반부 중에선 타임이 끝나도 남아서 운동을 하는 이들이 있었다.

이는 일반부 시간이 끝나고 더 이상 가르치는 타임이 없기에 그럴 수 있었는데, 이렇게 남아서 운동을 하는 것은 대충 끝나고 30분 정도였다.

30분 정도 더 운동을 하고 청소를 하면 도장의 하루 일과가 모두 끝나는 것이다.

그리고 수현이 다니는 도장은 위층에 헬스클럽도 함께 운영을 하고 있어 일반부 중에는 헬스클럽에 딸린 샤워장에서 씻고 집에 가는 사람이 있는데, 수현도 운동이 끝나면 그곳을 이용해 몸을 씻고 집으로 가거나 마음이 맞는 관원들과 간단하게 군것질을 하기도 한다.

"정 사범님! 우리 미트 차기 좀 더 해요."

어린 아이들이 사범인 태권을 따라 가고 더 운동을 하기 위해 남은 이들 중 한 명이 수현을 보며 조금 전 했던 미트 차기를 하자고 졸랐다.

남아서 운동을 하는 일반부는 보통은 이렇게 미트 차기를 하는 경우가 많았다.

방금 전 말을 한 관원도 미트 차기를 좋아하는 관원 중 한 명이기에 미트 차기를 하자고 한 것이다.

"그래, 그런데 오늘은 나도 운동이 부족해서 돌아가면서 미트 잡기로 하자!"

"알겠습니다."

수현의 말에 처음 말을 꺼냈던 관원이 대답을 하고 급히 미트를 가져왔다.

그런 관원에게서 미트를 받아 든, 수현은 처음부터 연속 발차기를 하지 않았다.

"돌려차기를 한다. 먼저 몸통 돌려차기다."

"옙!"

"시작!"

"얍!"

수현의 구령이 떨어지기 무섭게 줄을 서고 기합과 함께 발차기를 하기 시작했다.

팡! 팡! 팡!

한 줄로 서서 수현이 주문한 몸통 돌려차기를 하고 줄 뒤로 돌아간다.

그러면 다음 사람이 앞으로 나와 돌려차기를 하고 다시 뒤로 갔다.

몇 순번이 돌고 발을 바꿔 돌려차기를 하고, 몸통 돌려차기가 끝나면 이번에는 상단 돌려차기, 내려찍기, 뒤돌아 차기 등 태권도 발차기의 기본을 하고, 그것이 끝나면 응용 동작으로 기본 발차기를 섞은 연속 동작을 하였다.

수현도 그 틈에서 간간히 미트를 바꾸고 발차기를 하였다.

그렇게 돌아가며 미트를 잡고 미트 차기를 하고 있는 동안 어느새 차량 운행을 했던 태권이 돌아왔다.

그런데 그의 손에는 검은 봉투가 들려 있었다.

차량 운행을 끝내고 돌아오는 길에 음료수와 간단한 간식을 사온 것이다.

태권은 간간히 남아서 운동을 하는 관원들을 위해 이렇게 음료와 간식을 사기도 했다.

물론 매일 그런 것은 아니고, 또 관원 중에서도 나이가 많은 이들도 간간히 태권처럼 음료와 간식을 사기도 했다.

스타라이트

뭐 때로는 재미를 위해 내기나 사다리타기 등으로 간식과 음료를 사기도 하지만 말이다.

"오늘은 적당히 끝내자!"

태권은 미트 차기를 하고 있는 이들을 향해 그렇게 말을 하였다.

"알겠습니다."

수현이 태권의 말을 받아 대표로 대답을 하였다.

"이만 모두 마무리 정리하자!"

"예! 수고하셨습니다."

"수고하셨습니다."

수현의 말이 끝나기 무섭게 남은 관원들이 인사를 하고 주변을 정리하기 시작했다.

도장의 창문을 모두 개방하고 일부는 청소 도구함으로 달려가 청소 도구를 꺼내왔다.

모두가 함께 일부는 빗자루를, 또 일부는 대걸레를 들었다.

익숙한 동작으로 각자 맡은 일을 하기 시작했다.

누가 시켜서 하는 것이 아니라 각자가 알아서 솔선수범을 하는 것이다.

그렇게 마무리 청소가 끝나고 태권이 사온 음료와 간식을 먹었다.

*　　　　*　　　　*

"안녕하십니까!"

다음날 태권도 도장을 찾은 수현은 도장에 들어서면서 큰 소리로 인사를 하였다.

아이들은 '태권!' 이라고 구호를 정했지만 고등학생 이상은 아이들처럼 그렇게 구호를 하며 인사를 하는 것이 아니라 그냥 편하게 일반적인 인사를 한다.

수현도 자연스럽게 도장에 들어서면서 관장이나 사범 그리고 먼저 나와 있는 사람들을 향해 인사를 하였다.

이는 자신이 운동을 할 도장에 대한 예의였다.

"어, 정 사범 왔나! 오늘은 할 이야기가 있으니 운동 끝나고 바로 가지 말고 좀 남아라!"

수현의 스승이자 이곳 도장의 관장인 대웅이 수현을 보며 말을 하였다.

"알겠습니다."

자신에게 할 말이 있다는 스승의 말에 수현은 별 생각 없이 대답을 하고 탈의실로 들어갔다.

도복으로 갈아입은 수현은 가볍게 몸을 풀고 운동 타임이 되자 선배인 태권을 보조하며 아이들을 가르쳤다.

그리고 일반부 시간이 되면 관원들 속에서 자신의 운동을 하였다.

그렇게 또 시간이 흘러 관장인 대웅에게 이야기를 들은

것이 있기에 오늘은 운동 시간이 끝나자마자 일과를 마쳤다.

그 때문에 오늘은 남아서 운동을 하는 관원이 없었다.

가끔 이렇게 도장의 사정으로 도장을 일찍 문을 닫을 때가 있기에 관원들도 그런 것에 크게 연연하지 않는다.

운동 시간이 모두 끝나고 수현은 샤워를 마치고 환복을 한 다음 대웅을 기다렸다.

수현이 그렇게 기다리고 있자 얼마 지나지 않아 대웅이 도장으로 내려왔다.

"휴게실에 자리 펴났으니 올라가자!"

대웅은 도장으로 내오자마자 수현을 보며 그렇게 말을 하였다.

"이 사범도 문 닫고 휴게실로 올라와!"

"알겠습니다."

수현을 데려가면서 대웅은 아직 도장에 남은 태권을 보며 그도 올라오라고 하고는 수현과 함께 휴게실로 갔다.

휴게실은 도장 2층에 자리하고 있는 헬스클럽 한쪽에 마련된 곳으로 운동을 하면서도 휴식도 취하고 또 간단한 음료와 간식을 먹을 수 있게 만들어 놓은 공간이다.

수현이 대웅을 따라 휴게실로 올라가니 그곳에는 수현의 또 다른 선배인 오열이 와 있었다.

"선배! 오랜만입니다."

수현은 오열을 보자 먼저 다가가 인사를 하였다.

"그래 오랜만이다."

오열은 수현보다 5년 선배로, 한때는 이곳 도장에서 사범으로 아이들을 가르치기도 했다.

"그런데 어쩐 일이세요? 한창 바쁘실 때 아닌가요?"

수현은 눈을 깜박이며 오열을 보며 물었다.

요즘 오열은 여러 가지 일 때문에 무척이나 바빴다.

부천에 있는 자신의 대권도 도장도 둘러봐야 하고 또 자신의 모교에서 교수로 강의도 해야 한다.

뿐만 아니라 요즘 한창 인기 프로그램인 TV 프로그램에 어시스턴트로 도움을 주고 있었기 때문이다.

그가 하고 있는 TV 프로그램은 외국인 두 명이 나와 전국 기행을 하면서 대한민국을 알리는 프로그램이다.

그 주제가 바로 태권도인데, 프로그램에 출연하는 외국인 두 명에게 태권도를 가르쳐 주는 사범으로 오열이 나오는 것이다.

용인 대학교 태권도 학과를 졸업하고 대학원에서 태권도 박사학위까지 취득한 그이기에 TV에 출연하는 출연자를 가르치는 것에 전혀 꿀리지 않는 프로필을 가지고 있었다.

그 때문에 TV에도 그의 태권도 도장이 간간히 소개가 되면서 요즘 관원이 엄청 늘었다.

그런데 그가 바쁜 와중에 가까운 곳도 아니고 부천에서 1시간 이상을 달려야 올 수 있는 이곳까지 온 것이 의아했다.

수현이 오열과 안부를 주고받는 사이 도장을 정리하고 온 태권도 합류를 했다.

"형이 어쩐 일이에요? 요즘 한창 잘나가시는 분이?"

태권도 오열이 휴게실에 있는 것을 보며 그렇게 물었다.

"하하, 요즘 수현이가 이곳에서 운동을 하고 있다고 해서 할 이야기가 있어 왔다."

"아 그래요?"

태권은 잠시 움찔했다. 그도 수현과 관장인 대웅 간에 있던 약속을 들어 알고 있었기 때문이다.

그 때문에 수현이 제대하기 전에 자신의 도장을 알아보기 위해 여러 곳에 부탁을 해놨었다.

그래서 몇 곳 소개를 받기도 했는데, 하필 말이 잘 통해 진행이 되던 곳이 어그러지면서 입장이 난처해졌다.

다행이 수현이 몇 달 휴식을 한다는 생각으로 간간히 운동을 하러 나온다고 말을 했기에 좋게 넘어간 일이다.

그러니 오열의 말에 반응을 보인 것이다.

"자 한잔씩 하고 이야기는 천천히 하자!"

언제 왔는지 대웅이 소주를 들고 왔다.

"예!"

수현은 얼른 대웅이 들고 있는 소주를 받았다.

이 자리에 있는 사람 중 가장 어린 사람이 그이기에 얼른 대웅의 손에서 술을 받아 테이블에 올렸다.

그 사이 오열이 준비하던 삼겹살이 불판 위에서 노릇노릇하게 구워지고 있었다.

"크으!"

술이 한 순배 돌아가고 오열이 수현을 보며 물었다.

"수현아! 오해하지 말고 들어라!"

"예?"

"태권이가 준비하던 것이 어그러지면서 입장이 난처해진 것 알지?"

수현은 오열이 자신을 향해 물어오는 질문에 잠시 눈을 깜박였다.

무슨 이유로 그런 질문을 하는 것인지 의미를 알 수가 없었기 때문이다.

"너나 태권이 모두 관장님께는 제자가 아니냐? 그런데 너 군대 가기 전 약속한 것도 있고 그렇다고 태권이 사정 알면서 나가라고 하기도 그래서 고민이 많으신 것 같았다."

오열은 이야기를 하면서 스승인 대웅을 쳐다보았다.

그런 오열의 시선에 대웅은 잠시 시선을 피했다.

잠시 분위기가 이상해졌지만 오열은 계속해서 이야기를 하였다.

"마침 내 학교 선배 중 한 명이 이번에 대리고 있던 사범이 군대를 간다고 해서 사범을 구한다고 하더라!"

"예!"

"네 생각은 어떠냐? 선배 체육관이 이곳에서 그리 멀지도 않아 출퇴근도 편할 거다."

오열은 조심스럽게 수현의 의중을 물었다.

"그곳이 어디인데요?"

"응, 서림동에 있는 곳이다."

"서림동이요?"

"응, 신림 역에서 버스 타면 5분도 걸리지 않는다."

수현이 관심을 보이는 듯하자 오열은 눈을 반짝이며 자세한 설명을 하기 시작했다.

"그런데 너 운전면허는 있냐?"

"운전면허요? 아직 없는데요."

요즘 태권도 사범을 구하는 관장의 입장에선 사범이 운전면허를 가지고 있는 것이 무척이나 중요했다.

물론 없어도 상관은 없지만 차량을 운행할 수 있는 것과 없는 것은 차이가 있기에 그것을 따지는 관장들이 꽤 많았다.

"일단 선배가 급하다고 하니 없어도 문제가 되진 않겠지만, 너도 나중에 도장을 할 것인데, 운전면허를 따놓는 것이 좋을 것이다."

"예, 저도 알고 있습니다. 그런데……."

수현은 말을 하다말고 술을 한 잔 넘겼다.

사실 수현은 군대 있을 때, 후반기 교육으로 주특기 교육을 받던 중 하마터면 죽을 뻔한 적이 있었다.

전차를 운전하던 중 내리막길에서 갑작스러운 사고로 전차가 낭떠러지에 추락할 뻔하였지만 가까스로 그 전에 브레이크를 밟아 추락을 면했다.

진짜 0.1초만 브레이크를 밟는 것이 늦었더라면 수현을 포함한 전차에 타고 있던 조교과 동기들 몇 명은 이 세상 사람이 아니었을 것이다.

그 때문에 자대 배치를 받고 보직을 받을 때 수현은 운전수가 아닌 탄약수를 하였다.

탄약수는 전차의 승조원으로서, 포탄 장전과 전차 간 무전을 담당하는 직책이었기에 운전에 대한 부담이 없었다.

사실 수현은 그때의 사고로 운전에 대한 약간의 트라우마가 생겼던 것이다.

그런데 앞으로 미래를 위해선 자동차 운전을 하지 않으면 안 되었다.

"휴, 알겠습니다. 저도 운전면허가 중요한 것 알죠. 가까운 시일에 면허를 따야겠네요."

수현은 대답을 하면서도 손이 떨려왔다.

군에서의 기억 때문에 그러한 것이다.

하지만 이러한 사정을 모르는 다른 사람들은 수현이 무엇때문에 운전면허를 취득하는 것에 저리 주저하는지 이해할 수가 없었다.

"꼭 도장을 운영하는 것이 아니더라도 현대 사회에서 운전면허는 가지고 있는 것이 좋다."

수현이 주저하는 것 같자 대웅은 조언을 하듯 그렇게 이야기를 했다.

"예, 저도 잘 아는데… 좀 일이 있어 운전을 하는 것이 두려워서…….."

말을 다 하지 못하고 주저하는 수현을 보며 오열이나 대웅 등은 수현에게 뭔가 사정이 있다는 것을 깨닫고 그것에 관해선 더 이상 이야기를 하지 않았다.

"일단 그건 넘어가고, 정말로 운전면허 없어도 상관없다고 하던?"

대웅은 시선을 오열에게 주고는 물었다.

"예, 그 선배 사정이 급해서… 데리고 있는 사범이 보름 뒤에 입대라고 하네요."

"그래?"

확실히 너무 빠른 시간이었다. 그러니 사범을 구하는데, 운전면허의 소지에 대한 조건을 따지고 있을 시간이 없을 것이다.

"그럼 오열이 네가 한 번 수현이 이야기를 해봐라!"

"예, 저도 잠시 운만 띄워둔 상태인데, 관심을 보이더라고요."

"그래? 잘됐네!"

오열의 이야기에 대웅은 물론이고 태권도 어느 정도 마음의 짐을 덜어낸 것인지 처음 술자리를 가질 때와 다르게 표정들이 많이 밝아졌다.

아닌 게 아니라 대웅은 수현의 일로 무척이나 부담을 가지고 있었다.

군대에 입대하기 전 수현은 매일 도장에 나와 사범으로서 열심히 도움을 주었다.

대웅은 오래 전부터 주변 학교와 자매결연을 맺고 태권도 선수를 육성하고 있었다.

그러다 보니 도장에 있는 사범이 수시로 도장을 비울 때가 있었는데, 수현은 이러한 때 사범을 대신해 관원들을 가르쳤다.

물론 또 다른 사범도 있어 큰 어려움은 없었지만, 사범 혼자 200명이나 되는 관원을 가르치면서 통제를 한다는 것은 무척이나 힘겨운 일이다.

이러한 때 수현이 큰 도움이 되었다.

그러하였기에 대웅은 수현이 입대를 하기 전 수현에게 약속을 했었다.

수현이 제대를 하고 오면 정식으로 사범으로 대우를 해주겠다고 말이다.

수석 사범은 수시로 태권도 시합 때문에 도장을 비우기에 사범 1명 더 두는 것이 부담 될 것도 없었다.

그래서 수현이 군대에 가고 1년 뒤부터 수석 사범 외에

스라이프

두 명의 사범을 두고 도장을 운영하였다.

그러다 중간에 사범 한 명이 자신의 태권도 도장을 오픈하면서 도장을 그만두게 되어 도장 운영이 힘들어졌다.

든 자리는 표시가 나지 않지만 난 자리는 표가 난다고 하지 않던가. 사범이 두 명에서 세 명으로 늘어났을 때는 몰랐는데, 다시 두 명으로 한 명이 빠져나가자 금방 표시가 났던 것이다.

세 명이 관원을 가르칠 때는 한 명씩 돌아가며 휴식을 취할 수 있었는데, 한 명이 빠져나가자 그럴 수가 없었다.

풀타임으로 계속해서 아이들을 가르치다보니 사범들이 지쳐갔던 것이다.

그 때문에 당시 아무런 일도 하고 있지 않던 태권을 불러와 사범으로 앉혔다.

물론 태권을 데려올 때 대웅도 몇 개월 뒤 수현이 제대를 하면 도장에 사범으로 올 것이란 이야기도 했었다.

태권도 스승과 후배가 한 약속을 듣고 알겠다는 대답을 했다.

수현이 도장에서 보조 사범을 할 때 태권이 가끔 도장에 들려 운동을 했기에 당시 사정을 잘 알고 있었다.

그러니 생각을 편하게 할 수 있었다.

그런데 진인사대천명이라고 태권의 준비는 뜻하지 않게 무산이 되고 엎친데 덮친다고 수현이 제대를 한 것이다.

참으로 얄궂다 하지 않을 수 없는 상황인데, 이렇게 풀리게 되어 천만 다행이라 할 수 있었다.

분위기가 좋아진 술자리는 술안주인 삼겹살이 떨어지고 대웅이 준비한 소주가 떨어진 후에도 오열이 사온 맥주가 더해지면서 분위기는 더욱 좋아졌다.

하지만 끝나지 않는 잔치는 없듯, 오랜만에 가진 술자리도 종점을 향했다.

마지막 잔이 비워지고 수현과 태권이 나서서 정리를 하였다.

헬스클럽은 토요일인 내일도 운영을 할 것이고, 그렇다면 헬스클럽에 딸린 이곳 휴게실도 개방을 해야 한다.

그러니 삼겹살 파티를 했던 흔적을 지워야 했다.

테이블에 깔아두었던 신문도 치우고 혹시나 냄새가 배겼을 지도 모르니 창문도 열어 환시를 시키고 대걸레를 가져와 바닥도 청소를 하였다.

마무리로 방향제도 뿌리며 정리를 마쳤다.

"관장님 잘 먹었습니다."

"잘 먹었습니다."

수현과 태권 등이 대웅에게 인사를 하였다.

"그래, 조심히 들어가라!"

그런 제자들을 향해 대웅은 조심히 들어가라는 당부를 하였다.

시간은 벌써 11시를 넘어 12시를 달리고 있었다.

도장을 나와 집으로 걸어가던 때 뒤에서 오열이 수현을 불렀다.

"수현아! 잠깐 이야기 좀 더 하다 가자!"

오열의 부름에 수현은 알겠다고 대답을 하고 근처 슈퍼로 향했다.

휴게실에서 삼겹살 파티를 하며 술을 많이 마셨기에 더 이상 술은 마시지 않고 간단하게 음료수를 사서 마시며 이야기를 하였다.

"아까도 이야기를 했지만 운전면허는 꼭 따라! 네게 무슨 사정이 있는지 모르겠지만 나중에 태권도 도장을 하려면 차량 운행은 필수다."

수현은 오열이 하는 이야기를 들으며 고개를 끄덕였다.

그도 들어 알고 있었다. 차량 운행을 직접 하지 않으면 따로 차량 운행을 하는 업체와 계약을 해야 한다는 것을 말이다.

하지만 영세한 태권도 도장의 입장에서 이런 업체와 계약을 해서 차량을 운행한다는 것은 자칫 배보다 배꼽이 더 커질 위험이 있었다.

오열은 그런 것을 이야기 하는 것이고, 또 가끔 학원 차량으로 인해 원생이 교통사고가 나는 뉴스가 나오는데, 바로 이런 계약을 한 학원 차량으로 인해 발생하는 사고가 대부분이다.

그러니 수현도 나중에 도장을 운영하게 된다면 따로 계약을 하는 것이 아닌 도장에서 직접 운행을 할 생각이었다.

"그건 더 이상 말하지 않아도 네가 알아서 할 것이고, 내가 하려고 하는 말은 관장님께서 약속을 지키지 못한 것 때문에 네게 많이 미안해하시는 것 같더라!"

"예……."

"너무 섭섭해 하지 말고, 태권이도 일이 잘 안 풀려 그런 것이지……."

"그것도 잘 알아요."

"그래, 네가 이해해 주니 고맙다."

"아니에요."

"응, 조만간 그 선배와 약속 잡을 테니 지원서 한 장 준비해둬라!"

"알겠습니다."

"그래, 그럼 더 이상 이야기할 것도 없고, 조심해서 들어가라!"

"예, 선배님도 조심해서 들어가십시오."

"그래. 먼저 일어난다."

"네!"

수현은 오열과 이야기를 끝내고 그렇게 집으로 향했다.

스파이라이트

Chapter 7

뒤통수를 맞다

선배인 오열이 말했던 것처럼 며칠이 지나 사범을 구한다는 오열의 선배와 약속을 잡고 면접을 보기로 하였다.

지원서 및 자기소개서를 작성하고 호적등본을 한 통 때어 서류 봉투에 담아 가져갔다.

일단 형식적인 것이기는 하지만 갖출 것은 다 갖춰야 하기에 준비를 하였다.

"여기가 대성 체육관인가?"

수현은 오열이 알려준 주소를 찾아 갔다.

오열의 선배인 이충호가 운영하는 체육관은 아파트 단지에 속한 상가에 들어선 태권도 도장으로, 신림 역에서 몇

정거장 되지 않은 곳에 위치하고 있어 수현이 집에서 비교적 가까운 곳에 위치하고 있었다.

대략 출퇴근 시간이 20분 정도밖에 걸리지 않는 아주 가까운 곳으로, 넉넉잡고 30분이면 출근이 가능하였다.

"실례합니다."

수현은 대성 체육관이라고 써 있는 출입구 문을 열고 들어가며 소리쳤다.

"어떻게 오셨습니까?"

수현이 체육관 안으로 들어가자 젊은 남자가 수현을 맞았다.

"예, 사범을 구한다고 해서 오늘 면접을 보러 온 사람입니다."

"아 예, 어서 들어오세요. 관장님은 아직 출근 전입니다. 음……."

수현을 맞은 사람은 바로 이곳 대성 체육관의 사범인 진우였다.

그와 잠깐 이야기를 나누면서 알게 된 것인데, 관장인 이충호는 오전에는 개인적으로 하는 일이 있어 나오지 않는다고 했다.

때문에 오전에는 사범인 그와 유치부를 담당 교사 한 명이 체육관을 관리하고 있었다.

관장인 12시가 넘어 체육관에 나오기에 수현이 면접을

보려면 그 이후나 돼야 면접을 볼 수 있었다.

덜컹!

"아! 윤 선생님!"

사범과 이야기를 하고 있을 때, 문소리가 나며 누군가 체육관 안으로 들어오는 것이었다.

안으로 들어오는 사람을 본 사범은 그 사람을 보며 윤 선생님이라 불렀는데, 수현이 보기에 그녀는 아무래도 조금 전에 말한 유치부 교사 같았다.

"윤 선생님! 인사하세요. 면접 보러 오신 정수현 사범님이세요."

진우는 수현을 윤지숙에게 소개를 하였다.

체육관 안으로 들어오던 윤지숙은 진우의 말에 수현을 돌아보며 인사를 하였다.

"안녕하세요. 윤지숙이에요. 유치부 교사입니다."

지숙이 수현을 보며 간단하게 자기 소개를 하자, 진우가 지숙에 대한 보충 설명을 하였다.

"유치부 선생님이시기도 하고 또 체육관 서무도 함께 보시고 계세요."

"아 예, 정수현이라고 합니다."

진우가 수현을 소개하기는 했지만 윤지숙을 향해 직접 다시 한 번 인사를 하였다.

수현이 보기에 윤지숙은 자신보다 적어도 4~5살은 더

나이가 들어보였다.

그렇기에 조심스럽게 인사를 하였다.

나이가 많다고 해서 조심스러운 것만은 아니었고, 일단 자신은 면접을 보러 온 것이니 조심을 하는 것이다.

"관장님께서 30분 정도 있으면 도착하신다 했으니 이 사범님께서는 식사하고 오세요."

지숙은 진우를 보며 점심을 먹고 오라는 말을 하였다.

"윤 선생님은 안 드세요?"

"예, 저는 관장님 오시면 같이 먹을 테니 그냥 먼저 드세요."

"예, 그럼 먼저 먹고 올게요."

진우는 윤지숙의 말에 자리에서 일어났다.

"그럼 전 실례 좀 하겠습니다."

자리에서 일어난 진우는 수현을 보며 양해를 구하고 밖으로 나갔다.

"커피 드실래요?"

진우가 자리를 떠나고 지숙은 수현을 보며 조심스럽게 물었다.

"네."

면접을 보기로 한 이충호가 오려면 아직 시간이 남아 있었기에 할 것도 없는 수현은 지숙의 물음에 간단하게 대답을 하였다.

수현의 대답에 지숙은 커피포트에 물을 데우고 믹스 커피 한 봉을 타서 가져왔다.

체육관에 사범으로 채용이 된다면 함께 일을 해야 하는 관계로, 수현은 유치부 교사인 윤지숙을 살폈다.

성격이 내성적인 것인지 아니면 낯가림을 하는 것인지 행동을 조심하는 것이 보였다.

윤지숙이 타다준 커피를 마시고 이충호가 오길 기다리는 사이, 시간이 흐르면서 체육관에 아이들이 하나둘 오기 시작했다.

점심을 먹으러 간 진우는 아직 점심을 다 먹지 않았는지 아직 돌아오지 않았다.

그래서 유치부 교사인 지숙이 사무실을 나서서 체육관에서 아이들이 오는 것을 맞았다.

웅성! 웅성!

아이들이 하나 둘 체육관으로 들어오다 보니 체육관 안은 금방 아이들의 목소리로 떠들썩해졌다.

체육관과는 벽 하나로 나뉜 사무실에 있었지만 방음의 효과는 없어 아이들의 떠드는 소리가 다 전달이 되었다.

조금 더 시간이 흐르자 점심을 먹으러 갔던 진우가 돌아왔다.

진우는 간단하게 양치를 한 뒤 체육관으로 들어갔다.

어느새 첫 타임이 시작이 거의 된 시각이라 체육관으로

들어간 것이다.

진우가 체육관으로 들어가자 혹시나 아이들이 놀다 다치지는 않을까 살피기 위해 체육관으로 갔던 지숙이 사무실로 돌아왔다.

어느새 관장이 이충호가 온다는 시간이 다 되어가는 듯했다.

따르릉!

막 수현이 시간을 확인하려던 때, 사무실에 놓인 전화벨이 울렸다.

"여보세요. 대성 체육관입니다."

지숙은 얼른 전화를 받았다.

"아, 관장님! 지금 면접 보러 오신 분이 기다리고 계세요."

지숙은 전화 통화 중 고개를 돌려 수현을 보며 그렇게 대답을 하였다.

전화 통화를 하는 사람이 아마도 면접을 보기로 한 이충호인 듯 했다.

"네 네! 알겠습니다. 그럼 조심해서 오세요."

딸깍!

통화를 마친 지숙이 전화기를 내려놓고 수현에게 다가왔다.

"차에 기름 좀 넣고 오신다고 조금 늦는다고 하네요."

"예, 알겠습니다."

좀 늦는다고 하니 면접을 보러 온 수현으로서는 관장인 이충호가 오길 기다릴 수밖에 없었다.

얍! 얍!

벽 너머 체육관에서는 태권도 시간이 시작이 된 것인지, 아이들의 기합 소리가 울리고 있었다.

*   *   *

"음, 이번에 제대를 한 것인가?"

약속 시간 보다 조금 늦은 시간에 돌아온 이충호는 수현이 넘긴 서류를 살피며 물었다.

"예, 한 달 전에 제대를 했습니다."

수현은 이충호가 질문하는 것에 똑 부러지게 대답을 하였다.

"운전면허는."

"아직 취득하지 못했습니다."

며칠 전 스승과 함께한 회식 자리에서 이야기를 하던 운전면허에 대한 질문이 나오자 수현은 조심스럽게 대답을 하였다.

소개를 한 오열이 급하게 사범을 구하는 것이니 운전면허가 없다고 해도 합격할 것이라 하기는 했지만, 요즘 태권도 사범을 구하는 추세가 운전면허증 소지자를 우선 한다는 것을 잘 알고 있기에 그것만 믿고 안심을 할 수는 없었다.

"뭐, 있으면 좋기는 한데… 어쩔 수 없지. 그런데 오열이 후배라고?"

"예, 같은 도장 출신입니다."

소개를 한 오열과 충호가 대학교 선후배 관계라는 것을 들은 수현은 오열과 어떤 관계인지 설명을 하였다.

어차피 지원 서류에 학력이 나오니 자신이 대학을 가지 못한 것도 알고 있을 것인데, 그런 질문을 한 이유를 알 수가 없었다.

"우리 이 사범하고는 인사했지?"

"네!"

"내일부터 나와 줄 수 있지?"

이충호는 들고 있던 서류를 내려놓고 그렇게 이야기를 하였다.

"이 사범이 2주 뒤면 입대를 하기 때문에, 아마 함께 할 시간은 일주일밖에 안 될 거야!"

다행이 운전면허가 없는 것이 약점이 되지는 않았는지, 아니면 방금 말한 것처럼 느긋하게 사범을 구할 여유가 없어 그런지 수현을 채용하기로 한 이충호는 이진우가 인수인계를 하는데, 일주일 정도만 함께해 줄 것이란 말을 하였다.

어차피 사범의 일이란 것이 인수인계를 하는 것이 복잡한 것이 있는 것도 아니고, 그냥 각 체육관마다 가르치는 스타일을 익히는 시간을 가지는 것뿐이니 일주일이면 충분했다.

"알겠습니다."

"그래 그럼 내일부터 함께 하는 것으로 하고, 오전 10시에 유치부 시간이 있으니 9시 30분까지 나올 수 있지?"

이곳 대성 체육관도 수익을 늘리기 위해 유치부 운영을 하는 듯했다.

다만 유치원생을 하루 종일 데리고 있는 것이 아니라 오전 9시에 유치원생들을 받아 유치부 교사인 윤지숙이 한 시간 가르치고, 그 뒤 10시부터 한 시간 동안 태권도를 가르치고 있었다.

그 뒤의 남은 시간은 상가 학원과 자매결연을 맺고 한글과 영어 등 다른 공부를 가르쳤다.

정상적인 유치원이 아니라 이처럼 파행 운영을 하지만 가격이 싸다는 이유 때문에 대성 체육관에서 운영하는 유치부의 관원은 열다섯 명이나 되었는데, 이정도 인원만 해도 유치원 교사인 윤지숙의 월급과 체육관 운영비는 빠졌다.

즉, 그 말은 오후에 가르치는 초중등부는 전적으로 체육관의 수익이 된다는 소리다.

비록 수현이 원래 다니던 태권도 도장보다 규모나 관원 수에서 한참이나 모자란 80명 정도의 관원만 다니지만 한 달 회비가 10만 원 이기에 적은 수익은 아니다.

"그럼 내일 뵙겠습니다."

"그래, 내일 보자고!"

"수고하십시오."

수현은 그렇게 면접을 끝내고 체육관을 나왔다.

대성 체육관에서 이충호 관장에게 면접을 보고 나온 수현은 소개를 했던 오열에게 전화를 걸었다.

일단 면접이 끝났으니 소개를 한 그에게 면접 결과를 알려야 했기 때문이다.

전화벨이 울리기 무섭게 전화가 연결이 되었다.

"여보세요. 내일부터 하기로 했습니다."

면접을 보고 온 결과를 오열에게 알리자 오열은 이런 저런 이야기를 해주며 통화를 마쳤다.

전화 통화를 끝낸 수현은 면접 때문에 신경이 쓰여 아침도 거르고 대성 체육관을 왔던 것이 생각이 났고, 면접을 끝낸 지금에서야 허기가 진 것을 느꼈다.

"밥이나 먹고 도장에나 가야겠다."

수현은 그렇게 집으로 가, 아침 겸 점심을 먹고 도장에 가기로 하고 버스를 탔다.

*　　　　*　　　　*

"어떻게 됐어요?"

"여기!"

대한민국 최고의 아이돌 그룹 주얼스의 비주얼 담당이자 센터인 선혜는 로드 매니저인 홍식에게 무언가를 부탁했었다.

그리고 지금 홍식은 선혜의 부탁 아닌 부탁을 들어주기 위해 서류 봉투 하나를 건넸다.

선혜는 홍식이 건네준 서류 봉투를 열고 안에 들어 있는 내용물을 살폈다.

홍식이 건넨 서류 봉투에는 사진과 서류 몇 장이 들어 있었다.

"음!"

서류 봉투에서 사진을 꺼내 그것을 살피던 선혜는 사진을 내려놓고 서류를 집어 읽었다.

"그런데 이 사람이 누군데 네가 관심을 갖는 거냐?"

홍식은 선혜의 부탁을 받아 흥신소에 의뢰를 하여 사진 속 인물에 대한 조사를 했다.

선혜의 부탁을 받아 조사를 하긴 했지만 혹시나 이것이 문제가 될 수도 있기에 선혜가 부탁한 범위를 넘어 조금 더 자세하게 조사를 시켰다.

혹시나 한창 잘 나가는 아이돌 그룹의 멤버인 선혜가 스캔들에 휘말릴 수 있기 때문이다.

만약 그렇게 된다면 로드 매니저인 그는 회사로부터 엄청난 압박을 받을 수도 있고, 잘못하면 회사에서 짤릴 수도 있었다.

그 때문에 선혜가 부탁한 일을 들어주면서도 정확한 관계를 알아보기 위해 조사한 것이다.

혹시나 자신이 감당할 수 없는 일이라면 상급자인 실장에게 보고를 해야 했다.

하지만 흥신소에서 조사를 한 내용을 먼저 받아본 홍식은 사진 속 인물이 잘생기기는 했지만 일반인이고, 연예계와는 아무런 연관도 없다는 보고를 받았다.

뿐만 아니라 조사하는 동안 선혜와 아무런 접점도 없었기에 의아한 생각에 물어본 것이다.

"오빠 몰라도 돼!"

선혜는 단호한 말로 홍식의 말을 끊고 계속해서 서류를 살폈다.

"별것도 아니면서 감히 날……."

서류를 살피던 선혜는 무엇 때문에 화가 난 것인지 들고 있던 서류를 구기며 작게 중얼거렸다.

하지만 차가운 눈빛으로 어딘가를 향하는 그녀의 모습은 홍식이 처음 보는 무척이나 낯선 모습이었다.

평소에는 잘 웃고 누가 싫은 소리를 해도 마냥 헤실헤실 웃는 선혜가 마치 가면을 쓴 것 마냥 차가운 모습으로 중얼거리는 모습은 두렵다기보단 섬뜩하다는 느낌을 들게 만들었다.

'하, 이거 내가 잘한 것인지 모르겠네! 이걸 실장님께 보고를 해야 하나?'

자신이 가져다준 서류로 인해 벌어진 일이라 흥식은 잠시 고민을 하였다.

관리하는 연예인에게 뭔가 문제가 생기면 로드 매니저는 그것을 상급자에게 무조건 보고하게 되어 있었다.

그 때문에 잠시 고민을 하는 흥식이다.

하지만 저런 모습이 자신이 가져다 준 서류 때문에 벌어진 일이란 것이 문제였다.

보고를 해도 실장의 허락을 받지 않은 일을 해서 일어난 일이기에 분명 그 또한 문제가 될 것이기 때문이다.

'제길, 난 모르겠다.'

괜히 긁어 부스럼을 일으킬 필요가 없다는 자기변명을 하고는 모르는 척 넘어가기로 하였다.

한편 수현의 동향을 알아보라고 요구했던 선혜는 그 보고서를 받아들고는 이를 갈고 있었다.

한 달 하고도 보름 전 활동을 마치고 휴식기에 3일간의 짧은 휴가를 받아 오랜만에 본가를 찾았다가 우연히 수현을 만났다.

비록 헤어지기는 했지만 오랜만에 본 얼굴이라 반갑게 인사를 했다.

그런데 그녀에게 돌아온 수현의 반응은 그녀의 생각과는 아주 상반된 것이었다.

대한민국을 호령하는 최고의 인기 아이돌 그룹의 센터를 맡고 있는 그녀다.

하지만 수현은 자신을 마치 못 볼 것을 본 것 마냥 취급했던 것이다.

직접 말을 하진 않았지만 연예계에서 눈칫밥을 먹었다면 먹은 그녀다.

수현의 말투나 눈빛만으로도 그가 자신을 어떻게 생각하고 있는지 알 수 있었다.

그 때문에 어떻게 자신을 그렇게 할 수 있냐며 따졌다.

하지만 돌아온 것은 보다 더 커진 모멸감이었다.

도대체 무엇이 수현으로 하여금 자신을 그렇게 보게 하는 것인지 알 수가 없었다.

밖에 나가기만 해도 유명 아이돌 스타들이 자신과 데이트를 하자고 줄을 선다.

그런데 별 볼 일 없는 군인이 자신을 그렇게 대우한다는 것이 믿을 수가 없어 로드 매니저를 통해 알아보게 하였다.

그 결과가 지금 자신의 손에 있는데, 역시나 그녀가 생각하기에 정말로 별 볼 일 없는 인물이었다.

예전에 무엇 때문에 그렇게 죽고 못 산다고 매달렸는지

이해가 가지 않을 정도다.

물론 예전보다 더 잘생겨지기는 했다.

하지만 연예계 활동을 하면서 수현보다 더 훨씬 잘생긴 미남들을 보면서 그녀의 눈은 한껏 높아져 있었다.

제대를 해서 직업도 없이 백수로 있는 수현을 보면서 선혜는 자신을 무시한 수현이 더욱 이해할 수가 없자 방향을 알 수 없는 분노가 치밀어 올랐다.

화가 치밀자 곧 그 화는 자신을 무시했던 수현에게 향했다.

하지만 수현에게 분노를 하면서도 그것을 풀 수가 없다는 것에 다시 한 번 화가 났다.

"오빠!"

"으응?"

한참 실장에게 보고를 해야 하나 말아야 하나 고민을 하다 그냥 덮기로 결정을 내리던 홍식은 갑자기 자신을 부르는 선혜의 부름에 깜짝 놀라 대답을 하였다.

그런 홍식의 반응에 선혜는 아랑곳하지 않고 자신의 할 말만 하였다.

"내가 부탁할 것이 있는데, 내 부탁 좀 들어줘!"

"부탁? 뭘 부탁하려고?"

홍식은 왠지 선혜가 자신이 감당할 수 없는 부탁을 할 것만 같은 예감에 불안했다.

"여기 이 사람한테 내가 빚진 것이 있는데, 오빠가 좀 갚아줘! 그럴 수 있지?"

"빚? 무슨 빚? 설마 너랑 이 사람이 무슨 채무 관계가 있는 거야?"

홍식은 갑자기 선혜가 빚을 졌다고 하자 놀라 물었다.

톱스타인 아이돌 그룹 멤버가 빚쟁이란 사실이 외부에 알려지게 된다면 인기에 타격이 있기 때문이다.

하지만 또 이상한 생각이 들었다.

홍식이 선혜가 속한 아이돌 그룹 주얼스를 맡기 시작한 것이 1년이 넘었다.

처음부터 맡은 것은 아니지만 주얼스가 데뷔를 하고 몇 달 지나지 않아 배속이 되어 지금까지 로드 매니저를 하고 있다.

그동안 한 번도 선혜가 누군가와 채무 관계에 있다는 소리를 듣지 못했다.

그런데 느닷없이 빚이라니, 홍식은 놀란 눈으로 선혜를 쳐다보았다.

더 설명을 해보라는 뜻이었다.

그런 홍식의 뜻을 알아들었는지 선혜는 이야기를 하기 시작했다.

"사실 예전에 나랑 사귀던 사람인데… 내가 뜨고 나니 과거를 가지고 협박을 하는 거야!"

선혜는 진실과 거짓을 섞어가며 흥식을 자신의 편으로 만들기 위해 노력했다.

그리고 팔은 안으로 굽는다고 했던가. 자세한 사정도 알지 못하면서 흥식은 자신이 담당하는 선혜를 협박한다는 말에 눈이 뒤집혀 선혜에게 넘어가고 말았다.

"알았다. 넌 걱정하지 말고 기다려! 오빠가 다 해결해 줄게!"

흥식은 어느새 선혜의 오빠가 되어 있었다.

선혜는 자신의 거짓말에 속아 넘어간 흥식을 보며 속으로 차갑게 비웃음을 흘렸다.

'역시 남자들이란 바보 같다니까!'

흥식이 자신의 거짓말에 속아 흥분하는 모습을 지켜보며 선혜는 자신을 무시한 수현이 어떻게 될지 무척이나 궁금해졌다.

*　　　*　　　*

다음날 수현은 출근 시간보다 30분 일찍 집을 나섰다.

늦게 가는 것보다는 일찍 출근을 하고 미리 청소를 해놓기 위해서다.

첫 출근, 전역을 하고 본격적으로 사회 생활에 들어가는 날이니 수현은 마음을 다잡기 위해 일찍 출근을 하기로 하였다.

체육관에 도착을 하니 시간은 오전 8시 50분, 출근 시간은 9시 30분까지만 오면 되니 아직 40분이나 남았다.

본래 9시 30분까지만 출근을 하고 체육관의 문을 열어 유치부를 맞을 준비를 하면 되는데, 오늘은 첫 출근이라 진우가 오지 않으면 체육관 안으로 들어갈 수 없었다.

급히 오느라 아침을 먹지 않았는데, 시간적 여유가 있으니 진우가 오기 전에 간단하게 아침을 해결하기로 했다.

수현이 편의점에서 센드위치와 우유로 간단하게 아침을 해결하고도 20분 정도 지나서 진우가 출근을 하였다.

"벌써 오셨어요?"

체육관 입구에 서 있는 수현을 본 진우는 얼른 다가와 인사를 하였다.

"첫 출근이라 조금 일찍 나왔습니다."

"예, 들어가시죠."

진우는 얼른 체육관 문을 열고 안으로 들어갔다.

수현과 진우는 체육관 안으로 들어가자마자 일단 밤 세 눅눅해진 실내 공기를 환기시키기 위해 환풍기를 틀고 창문과 출입문을 모두 열었다.

그리고 청소 도구함으로 가서 빗자루와 대걸레를 가져와 쓸고 닦으며 유치부를 맞을 준비를 하였다.

두 사람이 준비를 하다 보니 청소는 금방 끝났다.

스타라이프

솔직히 청소라 봐야 20평 정도의 작은 실내를 쓸고 닦는 것 밖에 없으니 그리 오래 걸릴 것도 없었다.

간단하게 청소를 끝내고 조금 있자 유치부 교사인 윤지숙이 출근을 하였다.

윤지숙은 9시 50분에 출근을 하고는 탈의실에서 간단하게 옷을 갈아입고 나와 유치부를 맞았다.

그 전까지 수현과 진우가 먼저 도착한 유치부원들을 돌보고 있다 윤지숙이 나오자 인수인계를 하고 휴게실로 향했다.

*　　　*　　　*

시간이 흐르고 유치부의 태권도 시간이 되었다.

진우가 먼저 나가고 다시 수현이 그 뒤를 따라 유치부 앞에 섰다.

"여러분 오늘은 새로운 사범님을 소개할게요."

진우는 유치원생들을 향해 이야기를 하며 수현을 돌아보았다.

아이들은 사범인 진우의 시선에 쫓아 수현에게 시선을 주었다.

"정수현 사범님이세요. 모두 인사하세요."

"네! 사범님 태권!"

진우의 구령에 유치부원인 아이들은 씩씩하게 수현을 향해 인사를 하였다.

"네, 태권!"

휴게실에서 미리 이야기를 들었기에 수현은 조금은 낯간지러운 일이었지만 어색하지 않게 아이들에게 인사를 하였다.

유치부라고 해도 별다를 것은 없었다.

태권도 사범이니 태권도를 가르치면 되었는데, 다만 아이들의 눈높이에서 차분하게 설명을 해야 하는 것이 요령이다.

물론 수현은 유치부를 가르치는 것이 낯설지는 않았다.

원래 다니던 도장도 유치부가 있어 군대에 입대하기 전에 이미 가르쳐 본 경험이 있었다.

30분의 유치부 시간이 흐르고, 다시 휴식 시간이 주어졌다.

유치부는 1시간이 아닌 30분만 가르치는데, 이는 어린 아이들의 집중력이 그리 오래 지속되지 않기 때문이었다.

더욱이 정식 유치원이 아닌 사설 유치원, 즉 태권도 체육관에서 운영하는 것이기에 그리 오랜 시간을 데리고 가르치는 것 보단 남은 시간 다른 자매 결연을 맺은 학원에 보내는 것이 학부형들에게 더욱 좋은 이미지를 주기에 이충호의 결정으로 유치부 태권도 시간은 30분이었다.

유치부 교육 시간이 끝나고 수현은 진우를 따라 점심을 먹으러 갔다.

점심은 상가 내 백반 집에서 해결을 하였다. 체육관에서 한 달 단위로 장부 계산을 하는 곳이었다.

진우는 이렇게 수현을 데리고 하나하나 필요한 것들을 알려주었다.

점심도 먹고 잠시 휴식을 취하다 관장인 이충호가 출근을 하면 인사를 하고 곧 체육관으로 나가 오후 초등부 교육 시간이 되어 체육관으로 들어오는 아이들을 맞았다.

＊　　　＊　　　＊

처음 대성 체육관으로 출근을 하면서 원래 다니던 도장과는 조금 다른 품새라든지 준비운동 등 잠시 헷갈리기는 했지만, 수현은 금방 대성 체육관의 시스템에 금방 적응을 했다.

어차피 이곳이나 그곳이나 아이들을 가르치는 프로그램은 거기서 거기였기에 금방 익숙해졌다.

그리고 원래 대성 체육관 사범이던 진우는 정말로 일주일만 출근을 하고 더 이상 나오지 않았다.

진우가 출근하는 마지막 날인 금요일 저녁에는 진우의 송별회 겸 수현의 환영회로 생맥주 파티를 하였다.

그리고 이날은 우연히도 이곳 대성 체육관의 승급 심사날이기도 하였기에 시간도 넉넉해 기회도 좋았다.

진우는 이날 조금 많은 술을 마셨다.

수현은 진우가 어떤 마음인지 잘 알기에 군대에 대한 그의 두려움을 덜어주기 위해 조언을 해주었다.

자신이 군대에 입대 전 선배들에게 들었던 과장된 군대 생활이 아닌 거품을 모두 뺀 아주 담백한, 사실에 입각한 내용을 들려주었다.

그래서 그런지 진우는 수현의 이야기에 눈을 동그랗게 뜨며 놀랐다.

자신이 들은 것과 전혀 다른 군대 이야기에 몇 번이고 사실이냐고 되물었다.

그런 진우에게 수현은 자신의 이야기가 100% 모든 부대에서 적용되는 것은 아니지만 현대 군대에 대한 자신의 경험에 입각한 설명이라는 대답을 해주었고, 덕분인지 처음 군 입대란 것에 두려워하던 진우의 표정이 파티가 끝날 때쯤에는 많이 편안해졌다.

그날을 마지막으로 진우는 더 이상 대성 체육관에 출근을 하지 않았다.

그 때문에 수현은 혼자 아이들을 가르치기 시작했다.

한 주간 진우와 함께 아이들을 가르치던 것과는 다르게 혼자 모든 것을 알아서 하려니 처음에는 많이 버벅거렸다.

그래서 그런지 아이들은 수현의 실수를 가지고 놀리기도 하곤 하였다.

하지만 그러면서 아이들과 많이 친해지기도 했다.

사실 체육관에 사범이 바뀐다는 것은 새로 온 사범만 힘든 것이 아니라 체육관에 다니고 있는 아이들도 힘들다.

익숙하지 않은 낯선 사범과의 만남이기에 어색하기도 하고, 교육 스타일을 조율하려면 사범뿐만 아니라 아이들도 적응할 기간이 필요하기 때문이다.

*　　　*　　　*

수현이 대성 체육관에 출근을 시작한 지 벌써 한 달 하고도 일주일이 지났다.

수현도 이제는 어느 정도 익숙해져 종종 나오던 실수도 줄었다.

방금 전 수현은 유치부 승급 심사를 마쳤다.

유치부는 두 달에 한 번 승급 심사를 하는데, 자신이 가르친 것을 관장인 이충호 앞에서 보이는 것이라 무척 긴장했다.

심사는 대체적으로 순조롭게 진행이 되었다.

주위가 산만한 유치원생들이지만 짧고 단호한 수현의 구령에 맞춰 아이들은 질서정연하게 심사를 마쳤다.

"휴!"

심사가 끝나고 수현은 아이들이 윤지숙을 따라 간식을 먹으러간 사이 한숨을 쉬었다.

"정 사범! 수고했어!"

수현이 숨을 돌리는 사이 다가온 이충호가 수현에게 격려를 하였다.

"아닙니다."

이충호의 격려에 수현은 얼른 대답을 하였다.

"초등부 심사 때도 조금 전처럼만 해!"

"알겠습니다."

이야기가 끝나고 이충호는 간식을 먹고 온 유치부를 데리고 체육관 밖으로 나갔다.

그런 이충호와 윤지숙의 뒷모습을 보다 수현은 옷을 갈아입고 체육관 문을 닫은 뒤 점심을 먹으러 갔다.

이충호가 지시한 다른 일들이 있기에 그것을 하고 또 오후에 있을 초등부 심사를 준비하려면 빨리 움직여야 했다.

저녁 7시, 수현은 심사가 끝나고 관장인 이충호가 제안한 회식 자리에 따라 왔다.

초등부 심사는 오후 4시에 시작하여 6시가 조금 못되어 끝났다.

심사위원으로는 수현의 선배이자 이곳 대성 체육관을 소개해준 오열이 와서 심사를 봐주었다.

그래서 회식 자리에는 오열도 함께 하였는데, 저녁 시간도 되었기에 고깃집에서 먹기로 하였다.

　금요일 저녁시간이라 그런지 가게 안은 무척이나 시끌벅
적하였다.

　"아주머니, 네 명인데 자리 있습니까?"

　"네! 안으로 들어오세요."

　가게 종업원으로 보이는 아주머니 한 분이 다가와 일행을
안내하였다.

　"여기 일단 삼겹살 4인분 주시고 소주 1병 가져다주세요."

　이충호는 자리에 앉기 무섭게 주문을 하였다.

　"네, 알겠습니다."

　아주머니는 주문을 받기 무섭게 주방을 향해 소리쳤다.

　"8번 테이블에 삼겹살 4인분!"

　아주머니가 떠나가고, 이충호는 테이블 위에 놓인 물수건
으로 손을 닦았다.

　그리고 아주머니가 가져다 둔 소주병을 들었다.

　"오늘 고생했는데, 일단 한 잔씩 들지."

　"제가 따르겠습니다."

　수현은 이충호의 손에서 소주병을 넘겨받아 잔에 술을 따
랐다.

　일행이 술을 마시기 시작하고 얼마 지나지 않아 주문한
고기가 나왔다.

　"아주머니, 여기 밥 하고 소주도 가져다주세요."

소주 1병이 두 번 따르니 없어져 또다시 술을 시켰다.

밥을 먹으면서 반주로 소주를 한 순배, 두 순배 돌자 취기가 올라왔다.

하지만 수현은 어떻게든 취해서 흐트러진 모습을 보이지 않기 위해 정신을 집중했다.

띠링!

— 정신 스탯이 1 올랐습니다.

취하지 않기 위해 정신을 집중했는데, 뜻하지 않게 알람이 울렸다.

'어? 그렇게 올리기 힘들던 정신 스탯이 이렇게 오르네!'

술이 들어가자 알코올 성분 때문에 잠시 취기가 오르던 수현은 방금 전 스탯이 올랐다는 알람 소리에 취기가 확 달아났다.

그도 그럴 것이 지금까지 수현은 잘 오르지 않는 정신이나 지능 스탯을 힘이나 민첩 스탯과 비슷하게 맞추기 위해 레벨 업으로 얻은 보너스 스탯을 사용했다.

아니, 그나마 지능 스탯은 책을 읽으면 오르기도 했기에 그나마 보너스 스탯을 많이 사용한 것은 아니었는데, 정신 스탯만은 레벨 업이 아닌 방법으로 올리는 방법을 거의 알지 못했다.

물론 전혀 올리지 못했던 것은 아니지만, 어떤 깨달음을 얻었을 때나 정신 스탯이 레벨 업과 상관없이 올랐기에 수현으로서는 힘이나 민첩 그리고 지능 스탯에 비해 정신 스탯이 적었다.

  그러니 균형을 위해선 레벨 업으로 얻은 보너스 스탯을 사용하지 않을 수 없었다.

  그런데 방금 전 그저 술기운을 이기기 위해 정신을 차리려 노력했던 것으로 정신 스탯이 오르자 놀란 것이다.

  수현이 이렇게 정신 스탯이 오른 것에 집중하고 있을 때, 이충호가 2차를 가자고 제안을 했다.

  "우리 기분도 좋은데 2차 가자! 2차로 생맥주 어때?"

  고깃집에서 저녁과 반주로 소주를 네 병이나 먹고도 또 2차로 생맥주를 마시자는 이충호의 제안에 모두 자리에서 일어났다.

  가장 연장자가 바로 이충호이니 다들 따르는 것이다.

  그렇게 1차 고깃집에서 나와 생맥주집에 도착을 한 시간이 저녁 8시다.

  맥주집에 도착하자마자 고깃집에서도 그랬던 것처럼 이충호가 인원수에 맞게 생맥주를 시키고, 안주로는 후라이드 치킨과 양념 치킨 두 마리를 시켰다.

  안주가 나오기 전 먼저 나온 생맥주를 한 잔 쭉 들이켠 이충호가 이런 저런 이야기를 하기 시작했다.

"권 관장!"

"예?"

"권 관장, 너네는 어때?"

"뭐가 말입니까?"

"요즘 체육관 운영 어떠냐고."

"뭐, 그럭저럭 하죠."

"TV 출연도 하고, 또 방송에 체육관도 소개가 돼서 관원 많이 늘지 않았어?"

이충호는 오열을 보며 집요하게 물었다.

그런 이충호의 질문에 오열은 마지못해 대답을 하였다.

"물론 방송 나가고 좀 늘기는 했죠. 하지만 제가 벌여놓은 일이 많아 체육관에 많은 신경을 쓰지 못하니… 어차피 제가 체육관에서 가져가는 돈은 이전이나 지금이나 비슷해요."

오열은 이야기를 하면서 별거 아니란 투로 대답을 하였다.

하기는 오열의 경우 대학 강의와 방송 패널로 참여하는 것 때문에 자신의 체육관에 신경을 많이 쓰지 못했다.

그래서 여느 체육관과 조금은 다른 형태로 사범들과 고용 계약을 했는데, 그것은 바로 비록 관장이긴 하지만 오열은 일정 수익 이상은 가져가지 않고 나머지 금액은 사범들에게 성과급으로 지급을 한다는 것이다.

그 때문에 오열의 체육관에 근무하는 사범들은 일반 태권도 도장이나 체육관의 사범보다 100~120% 정도 더 많은 월급을 받는다.

방송 때문에 오열이 체육관에 신경을 많이 못 쓰게 되어 이러한 형태의 계약을 하게 되었지만, 아이러니하게도 오열의 TV출연 때문에 체육관 이름이 알려지면서 관원이 이전에 비해 상당히 늘었다.

그러다보니 사범의 월급이 상상 이상으로 오르게 되었는데, 수석 사범의 경우 관장인 오열이 가져가는 금액의 50%에 이르는 돈을 월급으로 받아가고, 그 밑으로 부사범과 보조 사범의 경우에는 이제 겨우 1년차임에도 불구하고 일반 체육관의 3년차 사범은 되어야 받아 갈 월급을 받아간다.

그래서 그런지 오열은 쉽게 관원 숫자나 사범의 월급에 대해선 말을 하지 않으려 하였다.

하지만 집요한 이충호의 질문에 대답을 하지 않을 수 없어 사범에 관한 내용을 빼고 그냥 관원이 조금 늘었다는 말만 하였다.

오열은 혹시나 후배인 수현이 상대적으로 박탈감을 느낄까봐 자신이 데리고 있는 사범들의 월급에 대한 이야기를 하지 않은 것인데, 이충호는 다르게 받아들였다.

자신의 후배인 오열은 체육관에 별로 신경을 쓰지 않는데도 관원이 점점 늘어나고 있는데 반해 자신이 운영하는 대성 체육관은 점점 관원이 줄고 있었기 때문이다.

체육관이 정상적으로 운영이 되려면 관원이 적어도 80명은 넘어야 한다.

그리고 사범을 두려면 여기서 20명 정도 더 늘어난 100명 정도는 되어야 정상적인 운영을 하고, 사범 월급과 부대비용을 빼고 3~400만 원 정도의 돈을 가져갈 수 있다.

그런데 현재 대성 체육관은 관원이 80명이 겨우 넘었다.

이 말은 대성 체육관은 사범을 두고 운영하기에는 손해라는 소리다.

실제로 이충호는 현재 체육관을 차리기 위해 받은 은행 대출의 이자를 갚기도 빠듯한 입장이다.

처음 대성 아파트 단지 상가에 체육관을 차릴 때만 해도 이러지 않았다.

체육관을 차리자마자 바로 80여 명의 관원이 모였으며, 잘 가르친다는 입소문이 나면서 관원은 금방 100명, 120명 늘어났다.

그 때문에 혼자 가르치기 힘들어 사범을 두었고, 그것도 모자라 사범을 한 명 더 구해 총 두 명의 사범을 거느리던 때도 있었다.

겨우 20평 남짓한 작은 체육관에서 사범을 두 명 데리고 있으면서도 흑자를 냈다.

관원이 늘어나자 체육관 옆 상점도 계약을 하여 확장을 하였다.

그런데 호사다마라고 했던가, 호황을 누리던 체육관에 먹구름이 끼기 시작했다.

원인은 바로 사범이 관원을 구타한 사건 때문이다.

물론 사범이 이유 없이 관원인 아이를 구타한 것은 아니다.

사람의 성격이 천차만별이듯, 문제를 일으킨 아이도 학교나 체육관 내에서 문제아로 꼽히던 아이였다.

그 아이 때문에 체육관에 다니던 관원 몇 명이 그만 두기도 했다.

그 때문에 주의를 주고 또 학부형에게도 당부를 하기도 했지만 문제는 해결되지 않았다.

급기야 체육관 내에서 싸움을 벌였다.

그래서 사범이 훈육 차원에서 체육관 내에서 싸움을 벌인 아이들을 훈육과 함께 엎드려뻗쳐를 시키고 볼기를 쳤다.

하지만 그 사범은 문제아 곁에는 문제 부모가 있다는 것을 알지 못했다.

그 문제로 소문은 이상하게 나기 시작했다.

단지 상가다보니 소문은 금방 퍼지게 되었고, 급기야 훈육을 하던 사범은 폭력 사범으로 소문이 나면서 경찰까지 출동하게 되었다.

아이들을 가르치는 사범이 이상한 루머에 시달리고, 체육관에 경찰이 출동한 일 때문에 대성 체육관에 대한 소문은 점점 안 좋게 퍼졌다.

그러면서 관원의 숫자가 점점 줄어들기 시작했다.

한때 200명에 육박하던 숫자는 급기야 80명까지 줄어들게 되었고, 사범의 숫자도 두 명에서 한 명으로 줄였다.

그렇지만 체육관 운영은 좋아지지 않았다.

고육지책으로 기존 사범을 내보내고 체육관 출신의 보조 사범을 정식 사범으로 올렸다.

그럼에도 한 번 안 좋은 소문이 난 대성 체육관을 찾는 이들은 점점 줄어만 갔다.

이충호는 이런 문제로 여간 신경이 쓰이는 것이 아니었다.

"정 사범."

"예!"

"오해하지 말고 들어."

"네."

수현은 느닷없는 이충호의 말에 갑자기 뭔가 싸한 느낌에 몽롱했던 술기운이 확 사라지는 느낌을 받았다.

이는 아까 고깃집에서 정신 스탯이 올라 술기운이 깬 것과는 또 다른 느낌이었다.

스탯사이드

귓가가 윙윙 울리고, 머릿속에는 아무런 생각도 나지 않았다.

홀로 고립된 것만 같은 그런 느낌이 확 들었다.

"나 다시 사범으로 돌아가고 싶어!"

"……!"

관장이 사범으로 돌아가고 싶다는 말이 무슨 뜻인지 금방 알 수는 없지만, 그 말이 결코 자신에게 좋은 뜻으로는 다가오지 않았다.

이충호의 말이 입에서 나오기 무섭게 옆 자리에 있던 오열의 표정도 굳어졌다.

"요즘 관원도 줄고, 은행 대출금도 다 갚지 못했다. 매형이란 놈은 내 누나가 내게 돈 빌려준 것 때문에 지랄지랄을 하고… 힘들다."

말을 하던 이충호는 속이 타는지 한 손에 들고 있던 생맥주를 털어 넣었다.

하지만 그의 말을 듣고 있던 수현의 눈에는 그런 것이 전혀 눈에 들어오지 않았다.

지금 눈에 비치는 모든 것들이 비현실적으로 보였다.

"내 말 무슨 말인지 알지?"

"음, 알겠습니다."

수현은 마지못해 대답을 하였다.

지금 이충호가 무슨 뜻으로 자신에게 그런 말을 하는 것인지 깨달았기 때문이다.

관장이 주저리주저리 자신의 사정을 떠들며 사범으로 돌아가고 싶다는 말을 한다는 것은 사범이 필요 없다는 말이 아니겠는가. 수현은 생각할수록 기가 막혔다.

그러면서 군대에 가기 전 자신과 약속을 했던 스승이나 눈앞에 있는 이충호나 비슷한 느낌을 받았다.

물론 수현의 스승은 그러려고 그런 것은 아니었지만 결과적으로 수현과의 약속을 저버렸다.

그리고 눈앞에 앉아 있는 이충호는 사범이 급하다고 자신을 고용했으면서 두 달도 아닌 한 달 조금 지난 시점에서 자신에게 그만두라고 종용하고 있다.

갑자기 밀려드는 배신감에 수현은 가슴 속에서 치미는 울화와 주체할 수 없는 분노를 느꼈다.

하지만 수현이 그동안 레벨 업을 하면서 찍은 높은 정신 스탯이 술기운으로 인해 충동적으로 변하는 그의 정신을 붙잡았다.

Chapter 8

습격

한 달이 조금 더 되는 시간, 새로운 환경에 적응을 하는 시간으로는 조금은 이른 시간이지만 수현은 뛰어난 지능을 이용해 대성 체육관의 교육 시스템이나 체계, 그리고 80여 명의 관원들의 이름과 얼굴, 성격까지 모두 머릿속에 집어넣었다.

그리고 오늘 승급 심사가 끝나고 관장인 이충호가 회식을 하자고 했을 때, 속으로 이젠 적응도 했으니 더욱 열심히 해서 관원도 더욱 늘리고 해야겠다고 다짐을 했었다.

그런데 불과 몇 시간 만에 돌려 말하긴 하였지만 '너 그만둬라!' 라는 말을 들었으니 이 얼마나 황당한 일인가. 그리고 그건 수현을 소개한 오열도 마찬가지였다.

기껏 급하다 하여 바쁜 와중에도 짬을 내서 사범 자리를 구하는 사람을 알아보았다.

다행히 가까운 곳에 후배가 사범 자리를 구한다는 것을 듣고 소개를 했다.

오래전부터 함께 운동을 하고, 또 잠깐 가르쳐보기도 했었던 관계로 수현이 얼마나 성실한지도 잘 알기에 안심하고 소개를 한 것인데, 이렇게 될 줄은 상상도 못했다.

물론 선배인 이충호가 조금 계산적인 사람이란 것을 잘 알고 있었지만 설마 이렇게까지 뒤통수를 맞을 줄은 생각도 못했다.

더욱이 관원이 떨어진 것이 수현이 사범으로 들어와서 그런 것도 아니고 이전 사범들이 불미스러운 일을 만들고, 관장이면서 그런 사범들을 제대로 관리하지 못한 본인의 잘못이면서 그 모든 책임을 수현에게 떠넘기듯 하는 이충호의 모습에서 크게 실망감을 느꼈다.

그 때문에 오열은 자신이 잘못 소개를 하는 바람에 일이 이렇게 되었다는 생각에 조심스럽게 옆자리에 앉은 수현을 곁눈질로 보았다.

자신이 소개를 했기에 바쁜 와중에도 어떻게 잘 적응하고 있는지 알아보기 위해 오늘 대성 체육관 승급 심사에 심사관으로 왔다.

스타일라이드

자신이 보기에 역시나 수현은 짧은 기간이었지만 잘 적응을 하고 아이들과 원만하게 관계를 유지하고 있어 안심을 했다.

그런데 걱정을 하던 수현이 아닌 자신의 선배인 이충호가 이렇게 문제를 만들 줄 누가 알았겠는가. 조심스럽게 수현의 반응을 살피는데 아니나 다를까, 수현은 큰 충격을 받았는지 아무런 반응을 하지 않고 멍하니 테이블만 바라보고 있었다.

"정 사범! 자네, 내말 듣고 있는 거야?"

하지만 눈치 없는 이충호는 큰 충격에 정신을 수습하고 있는 수현에게 이상한 말을 하고 있었다.

"윤 선생은 나랑 오래 있어서 내 사정을 잘 알고 체육관의 어려움을 함께 하기로 했지만, 정 사범에게 그럴 수는 없잖아! 안 그래?"

이충호는 계속해서 자신의 신세 한탄과 함께 그러니 수현네가 이해하라는 식의 이야기를 늘어놓았다.

'제길, 그럼 뭐야! 그동안은 오전 시간에 다른 볼일 때문에 유치부를 가르칠 수 없었지만 그 일이 끝났으니 이젠 내가 필요 없다는 소리 아냐?'

수현은 지금까지 이충호가 떠드는 이야기를 정리해 보고 그런 결론을 얻었다.

이충호는 비싼 돈을 들여 오전에 프로 선수에게 골프 레슨을 받고 있었다.

이는 대성 체육관이 아주 잘 나갈 때 신청을 했던 것이고, 비용도 프로 선수에게 레슨을 받는 것이라 결코 적지 않은 금액이었다.

그런데 체육관 사정이 나빠지고 또 설상가상으로 하나 있는 사범마저 군 입대로 그만 둬야만 했다.

원래 정상적인 사고를 가진 사람이라면 조금의 손해를 보더라도 당장 급한 일부터 해결을 한다.

다시 말해 체육관에 사범이 없으면 관장이라도 나서서 가르쳐야 하는 것이다.

하지만 이충호는 다른 방법을 생각했다.

즉, 자신의 골프 레슨이 끝나는 시간까지 임시로 사범을 구하는 것이었다.

물론 그 사실을 모르고 계약을 한 사범에게 조금 미안한 감이 없진 않겠지만, 이충호는 그런 생각을 과감하게 접었다.

일단 자신이 우선이니 말이다.

그 때문에 이충호는 후배인 오열에게 사범을 구해달라는 말을 했고, 운전면허가 없는 수현을 소개 받았지만 어차피 정식 사범이 아닌 자신의 골프레슨이 끝나는 날까지만 있으면 되는 것이기에 쉽게 고용을 하였다.

그리고 며칠 전 골프 레슨이 끝났다.

그래서 오늘 승급 심사가 끝나고 회식 하는 날 일을 터뜨린 것이다.

마지막 주 금요일, 승급 심사도 끝냈고 시간적 여유가 있으니 회식을 핑계로 술잔을 돌리고 이야기를 하였다.

그러면서 수현의 반응을 살피는 것을 게을리 하지 않았다.

젊은 혈기에 어떻게 반응을 할지 알 수 없었기 때문이다.

180㎝가 넘는 장신에 군대에 있을 때도 관리를 잘했는지 상당한 근육질의 몸을 가지고 있는 수현이었다.

언뜻 봐도 단단하고 정말로 프로 격투기 선수와 붙어도 지지 않을 것 같은 체구를 가진 것이 수현의 모습이다.

그러니 이충호도 말을 하면서도 혹시나 수현이 화가 나 자신을 치지는 않을까 걱정이 되지 않을 수가 없었다.

그런데 다행히 수현에게서 그런 반응이 보이지는 않았다.

솔직히 그런 사고를 방지하기 위해 후배인 오열이 있는 자리에서 이런 이야기를 꺼낸 것이기도 했다.

자신과는 그저 관장과 사범으로써 계약 관계였지만, 후배인 오열과는 도장 선후배 관계이니 수현이 화가 나더라도 함부로 하지 못할 것이란 계산이 깔려 있었고, 또 태권도를 배운 한 사람의 체육인으로서 예의에 어긋난 행동을 하는 것을 그냥 두고 보지 않는 오열의 성격을 알기에 저녁만 먹고 가려는 것을 일부로 붙잡았다.

그리고 결과적으로 자신의 선택이 맞았다고 속으로 생각

하는 이충호였다.

하지만 이충호는 미처 생각지 못한 것이 있었다.

그것은 바로 오열이 생각하는 예의라는 것이 꼭 나이가 적은 사람이 많은 사람에게 보여야 하는 예의만이 아니란 사실이었다.

더욱이 이러한 사정이 있으면 처음부터 이에 대해 말을 하고 임시 사범을 구하던지 해야 될 일인데, 일언반구의 말도 없다가 이제 와서 밑도 끝도 없이 그냥 자신의 형편이 어려우니 그만 나오라는 말이 말이나 되는 소린가. 이럴 것이라면 미리 상의를 하고 대책을 세우거나 최소한 가르치던 아이들과 마지막 인사라도 하게 할 것이지, 이렇게 술자리에서 술의 힘을 빌려 기습적으로 터뜨리는 것이 어른으로서할 행동이냔 말이다.

"알겠습니다."

묵묵히 고개를 숙이고 테이블을 주시하던 수현이 어렵게 입을 열었다.

머릿속으로 이충호가 무슨 생각을 하고 있는지 빤히 아는데 무슨 말을 한단 말인가. 그리고 이충호의 이야기를 들으면서 수현도 미련을 버렸다.

물론 한 달간 아이들과 부딪히며 쌓은 정 때문에 못내 아쉬운 마음이 들기는 하지만 이미 불편한 관계가 되어버린 이충호와의 관계를 생각하면 있는 정도 모두 떨어졌다.

"고마워, 정 사범!"

수현이 어렵게 말을 꺼내기 무섭게 이충호는 고맙다는 말을 하였다.

"정 사범은 성실하니 어딜 가든 성공할 거야."

이충호는 수현에게서 자신이 듣고 싶은 이야기를 들어서 그런지, 아니면 혹시 자신의 말에 불미스러운 일이 발생하지나 않을까 걱정하던 일이 벌어지지 않아서 그런지는 모르겠지만 마치 덕담을 하듯 그렇게 이야기를 하였다.

'어처구니가 없네!'

수현은 그런 말을 듣고 속으로 그렇게 생각을 하였다.

마치 악어가 강을 건너는 먹이를 잡아먹으면서 흘린다는 악어의 눈물 같은 말이었다.

"시간도 늦었으니 이만 일어나지!"

1차로 저녁을 먹고 2차로 이곳 생맥주집에 온 것이 얼추 8시 반 조금 못되는 시간이었다.

그런데 시계는 벌써 11시를 지나 12시를 향해가고 있었다.

이미 이충호의 이야기로 분위기도 뒤숭숭해진 상태라 술자리는 마감이 된 상태였다.

더욱이 이미 끝난 사이인데 굳이 함께 얼굴 마주하고 있을 이유가 없는 것이다.

괜히 계속해서 있다가는 어떤 일이 벌어질지 모르지 않은

가. 아무리 정신력이 남들보다 월등히 높은 수현이라지만 원래 주량보다 배 이상을 먹었다.

이 상태에서 더 술이 들어간다면 붙잡아둔 이성이 날아갈지도 몰랐다.

그래서 자리를 끝내기로 하였다.

술집을 나온 수현은 안에서는 멀쩡하던 술기운이 확 올라오는 것을 느꼈다.

그리고 술기운과 함께 요의도 느껴져 게슴츠레한 눈빛으로 뒤에 나오는 일행들에게 말을 하고 휘적휘적 걸었다.

"전 화장실이 급해 가보겠습니다. 들어가십시오."

갑자기 오른 술기운에 몸이 잠시 휘청거리기는 했지만 넘어지지 않고 건물 밖 모퉁이를 돌아 화장실로 향했다.

그런 수현의 모습에 뒤따라 나오던 오열은 선배인 이충호를 보며 인사를 하였다.

"저도 화장실에 들렸다 갈 테니 선배는 먼저 들어가세요. 윤 선생님도 늦었는데, 조심히 들어가십시오."

자신의 할 말만 하고 오열도 건물 화장실이 있는 곳으로 갔다.

수현과 오열이 그렇게 사라지고 이충호는 잠시 두 사람이 사라진 방향을 쳐다보다 윤지숙을 데리고 자리를 떠났다.

한편, 먼저 화장실로 향했던 수현은 소변을 보면서 한숨을 쉬었다.

스파이드

"하! 제길!"

생각하면 할수록 열이 받았다.

하지만 수현이 할 수 있는 것은 아무것도 없었다.

괜히 술기운에 미친 척하고 본능대로 행동을 했다가는 정말로 큰일 치룰 수도 있기 때문이다.

군에 있을 때 낙뢰 사고로 인해 특별한 힘을 갖게 되었다.

평범한 사람은 감히 흉내도 내지 못할 능력이다.

더욱이 신체 능력은 가히 세계 탑 클래스의 운동선수들의 능력만 가져온 것보다 우수했다.

물론 특정 분야로 경기를 치른다면 그들을 능가한다고 볼 수는 없지만, 종합적인 신체 능력이 그렇다는 말이다.

일반 성인의 두 배에 가까운 힘 스탯이나 민첩, 체력 스탯은 수현을 초인처럼 보이게 할 수도 있었다.

거기에 포인트를 이용해 태권도 스킬을 마스터하지 않았는가. 이런 것들이 종합적으로 뒤섞인다면 정말로 일반인들에게는 영화 속 슈퍼 히어로까지는 아니더라도 충분히 초인과 비슷해 보일 수준은 될 것이다.

그런 수현이 술기운에 이성이 붙들고 있는 정신을 놓게 된다면 어떻게 되겠는가, 아무리 이충호가 오랜 기간 운동을 해서 나이보다 신체 능력이 뛰어난 편이라 해도 감히 수현의 힘을 감당하지 못할 것이다.

그 때문에 자꾸만 끓어 오르는 분노를 강인한 정신력으로 억눌렀다.

괜히 한 순간 화를 참지 못해 이제 시작인 인생을 망칠 이유가 없기 때문이다.

그렇게 화장실에서 늦은 시간 혼자 조용히 볼일을 보며 생각을 정리하자 어느 정도 화가 가라앉았다.

저벅! 저벅!

그때, 조용하던 복도에 누군가 걸어오는 소리가 들렸다.

하지만 수현은 그런 것을 신경 쓰지 않았다.

등이 고장이 났는지 켜지지 않아 어두웠지만 자신의 능력을 신뢰하는 수현이다.

막말로 총 든 사람만 아니라면 수현은 이종격투기 선수와 붙어도 자신 있었다.

그러니 일반 사람이라면 이런 분위기에서 살짝 겁을 먹을 수도 있지만 수현에게는 해당 사항이 없는 것이다.

"괜찮나?"

걱정은 되지 않았지만 그래도 살짝 경계는 하고 있었는데, 화장실로 들어온 사람이 자신을 걱정하는 듯 물어오자, 수현은 그가 누군지 금방 깨달았다.

화장실로 들어온 오열은 변기 앞에 서 있는 수현을 보며 물었다.

그는 그러고는 자연스럽게 수현의 옆 자리에 서서 소변을 보기 시작했다.

자신이 소개를 해준 곳에서 이렇게 뒤통수를 맞다보니 정신이 하나도 없었다.

"뭐 어쩌겠어요. 사범으로 돌아가겠다는데, 안 된다고 할 수도 없고."

자신을 걱정하는 선배의 물음에 수현은 자조적인 말투로 대답을 했다.

그런 수현의 반응에 오열은 더욱 미안해졌다.

"그럼 당분간 부천에 있는 내 체육관으로 나와라!"

오열은 화장실을 오면서 그 짧은 시간에 생각을 정리하고 수현에게 자신의 체육관으로 오라는 말을 하였다.

자신의 체육관에 비록 보조 사범을 포함해 세 명의 사범이 있기는 하지만 자신이 가져가는 돈을 조금 줄이면 될 일이기에 그렇게 제안한 것이었다.

자신 때문에 사회의 첫발을 더럽게 시작한 수현에게 미안한 마음 때문이었다.

"아닙니다. 말씀은 고마운데… 생각 좀 정리할 시간이 필요할 것 같아요."

자신의 신경 써주는 오열이 고맙기도 하지만, 마음 한편으로는 그런 사람을 소개해 준 오열이 조금 원망스러운 마음도 있어 오열의 제안을 거절했다.

단순히 둘러댄 말이 아니라 생각도 좀 정리를 해야 할 필요성도 있었다.

뭔가 자신의 계획과 다르게 나아가는 상황들이 수현을 불안하게 만들었다.

그래서 뭐가 잘못된 것인지 일단 마음을 추스릴 시간이 필요했던 것이다.

"그래? 그럼 마음 정리가 되면 언제든 찾아와라."

"예, 알겠습니다."

화장실에서 짧은 대화를 마치고 두 사람은 건물 밖으로 나왔다.

"전 이만 들어가 보겠습니다."

오열과는 가는 방향이 다르기에 수현은 오열에게 인사를 하였다.

밖으로 나오니 이충호와 윤지숙의 모습은 보이지 않았다.

인사를 하면서도 수현은 속으로 생각했다.

'역시나… 그들과는 내가 인연이 아니었나 보다.'

확실히 그런 생각이 들었다. 아무리 마지막이라고는 하지만 하루 열 시간이 넘게 얼굴을 보던 사람인데, 화장실을 간 사이 사라진단 말인가. 유종의 미라고 했는데, 끝마무리가 참으로 아쉬운 사람들이다.

＊　　　＊　　　＊

오열과 작별 인사를 하고 수현은 추적추적 걸었다.

"우욱!"

늦은 시각 혼자 집으로 가다보니 눌러 두었던 술기운이 식도를 타고 올라왔다.

주변에 신경 쓸 것이 없다보니 마음이 풀어져 생긴 일이다.

화장실을 나올 때까지만 해도 아무런 느낌도 없었는데, 혼자 걷다보니 참을 수가 없었다.

우웩! 우웩!

가던 걸음을 멈추고 전봇대를 붙잡고 구역질을 하였다.

몇 번 구역질을 하자 속에서 먹은 것이 올라왔다.

저녁에 먹었던 삼겹살과 밥 그리고 2차로 마셨던 맥주와 치킨의 음식물 혼합물이 빈대떡을 만들어냈다.

우웩!

토사물에서 시큼한 냄새가 올라오자 수현은 더욱 구토감이 몰려와 구역질을 하였다.

구토를 하고도 몇 번 더 토악질을 한 뒤, 그제야 메슥거리던 속이 조금 편해지자 다시 걸었다.

늦은 시각이라 도로에는 차도 별로 다니지 않았다.

도로가 주변을 밝히는 가로등 불빛을 맞으며 걷는 수현은 왠지 모르게 처량한 기분이 들었다.

"하아……."

그 때문에 자신도 모르게 한숨을 쉬었다.

한숨을 쉬고 나니 문득 하늘의 별이 보고 싶어졌다.

하지만 고개를 든 수현의 눈에는 아무것도 보이지 않았다.

서울 하늘이 맑지 못해 그런 것인지, 아니면 머리 위 밝게 비추고 있는 가로등 때문인지 알 수는 없지만 밤하늘에는 별이 전혀 보이지 않았다.

"젠장!"

밤하늘의 별이 보고 싶었던 수현은 아무것도 보이지 않는 깜깜한 하늘을 보고 더욱 기분이 꿀꿀해졌다.

우웩!

기분이 그래서 그런지 또 다시 속이 메스꺼워지며 구역질을 하였다.

아까 몇 번 토악질을 해서 그런지 이젠 음식물은 넘어오지 않고 맥주와 위액의 혼합물처럼 보이는 누런 액체만이 넘어왔다.

그렇게 한참을 쏟아낸 수현은 본능적으로 입가에 묻은 분비물을 닦았다.

"제길! 제길!"

쾅!

구토를 하고 난 수현은 괜히 화가 치밀어 고함을 지르고 도로 차단막을 걷어찼다.

힘을 통제하지 않고 그냥 기분대로 차서 그런지 도로 차단막은 큰소리를 내며 연결 부위가 파손이 되었다.

그것을 본 수현은 잠시 멍하니 쳐다보다 주변을 살폈다.

이는 공공 기물 파손에 해당하기에 걸리면 벌금을 물어야 했기 때문이다.

술기운이라고 하지만 자신이 만들어 놓은 것을 눈으로 확인한 수현은 번쩍 정신이 들었다.

올라간 스탯 때문에 자신의 신체 능력을 어느 정도 짐작하고 있었지만 이렇게 눈으로 목격한 것은 처음이다.

도로 차단막이란 것은 차가 차도가 아닌 인도로 넘어오는 것을 방지하기 위해 만들어 놓은 것이다.

다시 말해 사고 위험을 방지하기 위해 차도와 인도를 분리해 놓은 것이란 소리다.

때문에 이것의 결속력은 무척이나 단단했다.

교통사고를 방지하기 위해 설치한 것이니 달리는 차의 충돌을 견뎌낼 수 있어야 했기에 당연했다.

그런데 수현은 방금 단순 발길질로 자동차 사고에 버금갈 정도로 차단막을 찌그러뜨린 것이다.

만약 아까 화가 났을 때, 참지 못하고 기분대로 행동을 했다면 아마도 수현은 내일 아침을 경찰서 유치장에서 맞아야 했을지도 몰랐다.

"휴! 아까 참길 잘했군."

자신이 부셔놓은 차단막이 보이지 않는 곳까지 도망친 수현은 어느 집 담벼락에 기대에 그렇게 중얼거렸다.

자신이 만들어 놓은 결과를 두 눈으로 확인을 하니 여러 모로 생각이 복잡했다. 머릿속으로 생각만 하는 것과 두 눈으로 확인을 하는 것은 달랐다.

수현은 능력이 생긴 이후로 처음으로 자신이 가지게 된 이 힘에 대해 두려움을 느꼈다.

갑자기 화가 나서 도로 차단막에 화풀이를 했지만 자신이 만든 결과를 보고 겁이 난 수현은 앞으로 조심을 해야겠다는 결심을 하고 빠르게 집으로 향했다.

수현의 집을 가려면 조금 복잡한 골목을 지나야 한다.

주택가가 몰려 있는 곳을 지나 공원과 인접한 곳에 위치하여 낮에는 약수터로 가기 위한 사람들의 왕래가 조금은 있는 편이지만, 지금처럼 저녁 늦은 시간에 다니기에는 사실 안전한 곳은 아니다.

불량 청소년들이 그 골목을 통해 공원으로 들어가 탈선 행위를 하기도 하는 등 문제가 많은 지역이지만 어찌된 일인지 방범초소 하나 없는 곳이기도 했다.

터벅! 터벅!

술집을 나와 혼자 걸으며 집으로 향하는 수현, 속이 메슥거리면 근처 전봇대나 하수구에 고개를 숙이고 헛구역질을 하며 집으로 향했다.

구토를 하여 속에 있는 것을 게워내면 조금은 정신이 맑아졌다가도 또 걷다보면 취기가 오르면서 비몽사몽하며 골목을 걸었다.

*   *   *

어스름한 보안등을 비켜 살짝 그늘이진 담벼락 아래 몇몇 인영이 옹기종기 모여 있었다.

그들은 봉천동 일대에 활동하는 양아치들로, 아직 건달이 되지 못하고 학생들 코 묻은 돈을 갈취하는 이들이었다.

조직의 우두머리는 한용근이라고 하고, 그 밑으로 조직원은 세 명인 아주 작은 조직이다.

그들은 같은 고등학교 중퇴를 한 친구 사이였다.

고등학교 다닐 때 사고를 치고 퇴학을 당한 뒤 하는 일 없이 빌빌거리고 있었다.

그렇다고 이들이 싸움을 아주 잘해 조직폭력배들에게 스카우트 될 정도의 실력이 있는 것도 아니고, 그저 덩치만 믿고 비슷한 또래나 보다 나이 어린 아이들을 위협해 돈을 갈취하는, 아주 생 양아치다.

그러니 조폭들도 이들을 데리고 있다가는 사고만 일으키고 조직을 향한 공권력의 관심만 커질 것이기에 거두지도 않았다.

그런데 이들에게 천금 같은 기회가 찾아왔다.

평소에는 자신들이 그렇게 애원을 해도 거들떠보지도 않던 조직에서 오더가 떨어진 것이었다.

비록 상대가 자신들보다 나이도 많고 또 태권도 사범이라고 하지만 크게 문제될 것도 없다고 생각했다.

상대는 혼자고 자신들은 네 명이나 되지 않은가. 더욱이 태권도 사범이라고 해도 이른바 다구리에는 당하지 못할 것이다.

이렇게 판단한 한용근과 용근이파 조직원들은 만반의 준비를 하고 대상의 집 근처에 대기를 하였다.

사실 상급 조직에서 오더가 내려온 것은 며칠 되었다.

그래서 얼른 일을 끝내고 정식으로 상급 조직에 들어가려고 하였다.

하지만 이런 한용근과 조직원들은 그럴 수 없었다.

무턱대고 습격을 했다가는 문제가 커질 수 있다는 상급 조직원의 말에 적당한 때를 기다렸다가 자신들이 지시를 하면 그때 목표를 손보기로 한 것이다.

그렇게 기다리던 때 오늘 저녁에 연락이 왔다.

타깃이 지금 술을 먹고 있으니 집으로 오면 기다렸다가 습격을 하라는 것이었다.

한용근과 그의 부하들은 옳다구나 하고 그것을 받아들였다.

이들도 파출소에는 몇 번 끌려가 보았지만 아직 전과는

없었다.

미성년자 시절 문제를 일으켜 퇴학을 당했지만 소년원에 들어갈 정도로 문제를 일으키진 않았다.

다만 이들로 인해 피해 학생이 많은 관계로 학교에서 자퇴를 하든지 아니면 다른 학교로 전학을 갈 것을 선택하라고 했을 때, 이들은 자퇴를 결정하였다.

굳이 다니기 귀찮은 학교를 전학을 가서까지 다니고 싶은 생각이 없었기 때문이다.

그리고 이들의 부모도 하도 사고를 치는 이들을 진즉에 포기를 해서 자퇴를 한다는 이들의 결정을 받아들이고 자퇴를 함과 동시에 인연을 끊어버렸다.

아무리 자식이지만 허구한 날 사고만 치고 집에 있는 돈을 가져다 술 마시고 싸움질이나 하는 이들을 두둔을 할 수 없었기 때문이다.

참으로 안타까운 현실이 아닐 수 없었다.

하지만 가족들의 포기에 이들은 오히려 희희낙락하였다.

이들에게는 부모의 존재가 간섭으로 느껴졌기 때문이다.

그렇게 자기들끼리 집을 나와 뭉쳐 양아치 짓을 하면서도 이들은 무척이나 홀가분했다.

가끔 이렇게 의뢰를 받아 돈도 벌고 또 그 돈으로 흥청망청 자신들이 하고 싶은 대로 할 수 있으니 불편함이 전혀 없었다.

다만 이들은 좀 더 폼 나게 살고 싶다는 생각에 폭력 조직에 가입하기를 꿈꿨다.

그리고 이번에 기회가 온 것이다.

이들의 실력을 점검한다는 말과 함께 태권도 사범 하나를 손보는 일이었다.

더욱이 일만 잘 처리하면 용돈으로 100만 원이나 생기는 의뢰다.

그러니 만반의 준비를 하고 골목에서 타깃이 돌아오길 기다렸다.

"온다."

용근의 조직원 중 하나인 유진기는 골목 어귀에서 망을 보다 타깃이 골목에 들어서자 얼른 뛰어와 보고를 하였다.

"준비해!"

망을 보던 유진기의 보고를 받은 한용근이 지시를 내렸다.

뭉쳐 있던 이들 중 두 명이 아까 보아둔 지점으로 몸을 옮겼다.

타깃이 나타나면 도망치지 못하게 사방에서 포위하기 위해 자리를 잡은 것이다.

*　　　　*　　　　*

우웩!

한참을 걷다 다시 구역질이 올라와 구토를 하였다.

처음 구역질을 할 때만 해도 한 번 토해내고 나면 속이 좀 풀리는 것 같더니, 이제는 너무 토악질을 해서 그런지 신물만 넘어오고 메스꺼움은 점점 커져만 갔다.

그럴수록 취기는 더욱 올라왔다.

그 때문에 점점 걷는 거리는 짧아져만 갔다.

잠시라도 취기가 오르는 것을 조금은 피해보려고 본능적으로 그런 행동을 하는 것이다.

"하! 젠장! 오늘 따라 경사가 겁나 높네!"

매일 걸어 올라간 길이지만 오늘따라 높게만 느껴지는 언덕길이다.

저벅! 저벅!

힘들어도 올라가야 집으로 갈 수 있다.

억지로 걸음을 때고 언덕을 올랐다.

그런데 어느 순간 자신의 앞을 가로막는 그림자가 있는 것이 아닌가.

'뭐지?'

처음에는 그저 그것을 피해가려고 하였다.

그런데 자신을 막은 그림자는 자신이 피하는 방향으로 따라서 움직였다. 우연히 자신이 피하는 쪽으로 움직일 수도 있는 일이기에 수현은 아직 정신이 술기운에 비몽사몽이었지만 다시 한 번 몸을 피해 움직였다.

하지만 다시 한 번 자신의 앞을 막는 그림자로 인해 그것이 우연히 일어난 일이 아닌, 자신을 일부러 가로막기 위해 그런 것임을 알 수 있었다.

'뭐야!'

괜히 자신의 앞을 가로막는 것에 화가 난 수현은 고개를 들어 자신의 앞을 막고 있는 것을 자세히 살폈다.

"니들 뭐냐? 뭔데 다른 사람이 가는 길을 막는 거야?"

자신과 비슷한 덩치를 가진 두 명이 앞을 가로막고 있었다.

좁은 골목에 떡대 두 명이 서자 골목은 꽉 찬 듯 보였다.

터덕!

그런데 다시 작은 소음이 들리고, 뒤쪽에서도 누군가 골목을 틀어막는 것이 느껴졌다.

고개를 살짝 뒤로 돌려 상황을 살핀 수현은 이것이 우연히 일어난 일이 아니란 것을 직감적으로 깨달았다.

'뭐지? 누가 날 노리고 이런 짓을 벌이는 것이지?'

알 수가 없었다. 지금까지 살면서 누군가에게 원한을 살 정도로 막 살진 않았다 생각하는 수현이기에 누가 이들을 보냈는지 알 수가 없었다.

그런데 일단 일이 벌어졌으니 누가 시켰는지 알아보는 것보단 우선 이 순간을 어떻게 해결할 것인지 고민을 해야만 했다.

스타일라이트

"누가 시킨 것인지는 알 수 없지만 오늘 내가 기분이 좋지 못하니 괜히 맞고 울지 말고 그냥 가라!"

비록 술기운에 정상적인 컨디션은 아니지만 아까 전 도로 차단막을 파손했던 기억도 있고 해서 조용히 이들을 타일렀다.

하지만 수현의 이런 배려를 수현의 앞과 뒤를 막은 이들은 알아보지 못했다.

"하! 이 새끼 겁나 폼 잡네! 와 무섭다."

수현을 둘러싼 용근이파 조직원 중 하나인 대길은 수현이 하는 말을 듣고는 과장되게 행동을 하며 한 걸음 접근을 했다.

그리고 그건 대길이 뿐만 아니라 유진기와 또 다른 조직원인 김용수도 수현에게 접근을 하였다.

이미 작정을 하고 온 이들이니 수현이 어떻게 나오던 행동은 정해져 있었다.

사지 중 하나를 부러뜨려 병원에 몇 달 신세지게 하라는 오더를 받았기에 한용근과 그의 조직원들은 눈치를 보다 수현을 덮쳤다.

"조져!"

우두머리인 한용근의 명령이 떨어지기 무섭게 수현에게 접근하던 이들은 뒤에 숨기고 있던 각목을 들고 빠르게 수현을 덮쳤다.

휘익! 휙! 휙!

자신의 앞을 가로막는 이들이 본격적으로 공격을 하자 수현은 언제 몸을 휘청거렸냐는 듯 그들이 휘두르는 각목을 너무도 쉽게 피했다.

마치 떨어지는 낙엽이 바람에 이리저리 휘날리듯 한용근과 용근이파가 휘두르는 각목들 사이를 춤추듯 걸어 다녔다.

퍽!

물론 그들의 공격을 피하고만 있는 것은 아니었다.

공격을 피하면서 빈틈이 보이면 가차 없이 빈틈에 주먹을 먹였다.

주먹뿐만 아니라 여건이 되면 발차기도 하고 때로는 팔꿈치로 찍기도 하였고, 또 때로는 공격하는 이들을 붙잡아 반대쪽에서 공격하는 이들에게 밀어 넣기도 했다.

그러자 그들은 타깃인 수현을 공격하려고 휘두르던 각목으로 자신의 동료를 공격하는 일이 벌어지기도 했다.

그렇게 자신의 동료를 공격한 때면 그들은 무척 당황하였다.

"하! 웬만하면 오늘은 사고칠 것 같아 그냥 넘어가려 했는데, 마침 잘됐다."

공격을 피해 몸을 움직이다보니 땀이 났다.

땀을 흘리고 나니 어느 정도 술기운이 가시는 것 같은 느낌에 정신이 들자 눌러 놓았던 분노가 피어났다.

그러면서 이충호에게 들었던 배신감과 분노가 지금 자신을 공격하는 한용근과 그 일당에게 향했다.

만약 한용근과 그 일당이 수현의 생각을 알게 되었다면 정말로 종로에서 뺨 맞고 한강에서 화풀이 한다고 할 수도 있었겠지만 어찌 되었든 이들은 일면식도 없는 수현을 그저 조폭이 되고자 하는 열망에 습격을 한 것이니 알았다 해도 할 말은 없을 것이다.

본격적으로 이들에게 화풀이를 하고자 결심한 수현은 조금 전처럼 대충대충 상대하지 않았다.

휘익!

퍽!

"우욱!"

쿵!

각목을 휘둘러오는 상대를 각목이 휘둘러지는 궤도에서 살짝 비껴나며 공격을 흘렸다.

그리고 큰 공격으로 빈틈을 보인 상대의 품에 파고들어 몸통의 급소인 명치 부근을 공격했다.

명치는 아주 치명적인 급소로 몸통 중심으로 갈비뼈가 모이는 끝부분이다.

이곳은 심장의 끝부분과도 비슷한 위치에 있으며, 또 횡경막 바로 윗부분이라 이곳을 공격당하면 자칫 심장마비를 일으킬 수도 있으며, 횡경막이 충격을 받아 호흡 곤란을 겪을 수도 있다.

수현의 반격을 받은 이도 지금 호흡 곤란에 빠졌는데, 수현은 그럼에도 그에 그치지 않고 파고든 상태에서 업어치기를 하였다.

업어치기 공격까지 당한 상대는 더 이상 수현을 공격할 수 없게 되었다.

그도 그럴 것이 맨 바닥에 그대로 업어치기를 당했으니 그 충격은 이루 말할 수 없었다.

만약 수현이 마지막 순간에 자비를 베풀지 않았다면 아마 그는 이 세상 사람이 아닐 것이다.

사람들이 스포츠에 대해 착각하는 것이 있는데, 그것은 바로 유도가 실전에 별로 효율적이지 못하단 편견이다.

유도복을 입고 매트 위에서 경기를 하는 모습만 보면 솔직히 다른 격기 스포츠처럼 굉장한 공격력은 없어 보인다.

하지만 매트가 아닌 맨 바닥에 두 발이 떠서 떨어지게 된다면 어떻게 될까? 낙법을 칠 줄 안다고 해도 그 충격은 매트 위에서와는 천지차이가 날 것이다.

물론 수현은 유도가 아닌 태권도 사범이다.

하지만 태권도에도 메치기나 업어치기는 있다.

다만 스포츠 태권도에서는 사용하지 않을 뿐이다.

태권도를 호신술로 배우는 이들에게 태권도 체육관이나 도장에서는 이들에게 여러 가지 상황을 설정해 호신술을 가르친다.

태권도라고 해서 호신술로 발차기와 주먹지르기와 같은

타격기만 있는 것이 아니다.

호신술이란 공격기가 아닌 말 그대로 호신을 위한 기술이기에 자신의 몸을 보호하기 위해 공격자의 방어를 흘리고 반격을 하기 쉽게 상대의 중심을 무너뜨리는 것을 먼저 가르친다.

상대를 붙잡고 발을 걸어 넘어뜨리거나, 아니면 품으로 파고들어 방금 전 수현이 그랬던 것처럼 상대를 메치기도 하는 것이다.

물론 거기서 끝나면 유도 기술이겠지만, 상대의 중심을 무너뜨린 뒤 바로 2차 공격이 들어가 확실하게 상대를 무력화시킨다.

고대 무술에서 출한한 기술들이기에 태권도에도 유도와 비슷한 기술이 몇몇 있었다.

고대에 병사들의 전투력을 높이기 위해 익히던 무술이 시대가 바뀌면서 여러 갈래로 흩어지며, 지르기와 발차기를 위주로 하는 것은 현대에 와서 태권도가 되었고, 잡기와 꺾기, 업어치기를 위주로 한 것은 현대에 와서 유도와 같은 스포츠가 되었다.

수현은 이러한 특성을 잘 활용해 지금 자신을 습격한 이들에게 사용하는 것이다.

경기용 태권도뿐 아니라 그야말로 태권도에 대한 '모든' 기술에 통달한 마스터 레벨의 스킬이 있었기에 가능한 일이었다.

네 명 중 한 명이 전투 불능에 빠지자 조금 더 여유가 생겼다.

"아 니들 제대로 못하냐!"

한용근은 한 명이 나가떨어지는 것을 보며 신경질을 냈다.

"이야!"

우두머리의 신경질에 남은 두 사람이 한꺼번에 수현을 덮쳤다.

동시에 공격이 들어오자 조금 전처럼 시간차로 공격을 회피할 수가 없게 되었다.

하지만 수현은 당황하지 않고 몸을 한쪽으로 틀어 자신을 공격하는 사람 중 한 명에게 집중을 하였다.

수현이 몸을 틀자 공격 포인트가 틀어지면서 두 사람의 동시 공격은 제대로 된 효력을 발휘하지 못했다.

그렇지만 아직 공격을 받고 있는 것은 그대로기에 수현은 자신을 공격해 오는 각목이 제대로 된 공격이 되기 전 그 축이 되는 손목을 걷어찼다.

퍽!

툭!

수현이 손목을 걷어차자 그 힘을 이기지 못하고 한 명이 들고 있던 각목을 놓쳤다.

휘익! 퍽!

상대의 손목을 걷어차고도 수현은 공격을 멈추지 않았다.

연속해서 뒤 후리기로 상대의 뒤통수를 감아 찼다.

뿐만 아니라 한 명이 쓰러지면서 그 옆에서 함께 공격하던 자가 보이자 그의 품에 뛰어들어 한 손으로 상대의 머리를 붙잡아 당겼다.

그러면서 뛰어든 탄력을 이용해 니킥을 시전했다.

종합 격투기에서 종종 한 방 KO를 만들어내는 공격이다.

발차기는 주먹 공격의 다섯 배의 위력이 있고, 무릎 공격은 그런 발차기의 세 배 위력이 있다고 알려졌다.

여러 무술 중 가장 발차기 속도가 빠른 것으로 알려진 태권도 발차기다.

물론 발차기를 하는 사람에 따라 발차기의 속도가 조금은 다르겠지만, 수현은 시스템의 보조를 받아 태권도 스킬을 최종적으로 마스터를 하였다.

즉, 현존하는 태권도 선수 중 수현보다 태권도 발차기에 대해서 잘 알고, 사용할 수 있는 사람은 없다는 소리다.

그런 수현의 발차기가 들어갔으니 수현의 공격을 받은 두 사람은 한 순간에 바닥에 쓰러지고 말았다.

"어! 어?"

한 순간에 세 명의 부하들이 바닥에 쓰러지자 한용근은 순간 당황했다.

두 사람의 뒤를 이어 시간차 공격을 하려던 한용근은 그 때문에 주춤할 수밖에 없었고, 수현은 두 사람을 쓰러뜨리고 뒤 이어서 자신과 한 발짝 떨어져 있던 한용근에게 몸을 날렸다.

퍽!

순식간에 접근한 수현은 한용근에게 나래차기를 하였다.

나래차기는 본래 경기 스포츠로서의 태권도 기술이라 실용성이 떨어지는 기술이지만, 수현에게는 아니었다.

일반인과는 다른 신체 능력을 소유한 수현에게 나래차기는 사실 신경을 쓰지 않고 편하게 사용할 수 있는 기술이다.

그게 무슨 소린가 하면, 다른 발차기들은 과도한 신체 능력으로 인해 신경을 쓰지 않고 그냥 발차기를 했다가는 무슨 사고가 날지 모른다.

하지만 나래차기는 공중에 몸을 띄우고 공중에 떠서 연속으로 발차기를 하는 것이라 지지대가 없다.

즉, 힘이 분산이 된다는 말과 같았다.

그러다보니 보통의 나래차기는 발에 힘이 별로 들어가지 않아 실전에서는 오히려 상대의 반격을 당할 수 있지만, 수현은 넘치는 힘과 민첩 때문에 상당한 힘의 손실이 있음에도 강력한 위력을 발휘한다.

퍼벅!

연달아 들어가는 오른발, 왼발 공격에 한용근은 버티지 못하고 쓰러졌다.

털썩!

마지막으로 두목인 한용근까지 길바닥에 쓰러지자 활극이 벌어지던 골목길은 한 순간 조용해졌다.

"이런, 이놈이 두목인 것 같았는데… 기절했네?"

자신을 기습한 이들로 인해 눌러 놓았던 화가 치밀어 그냥 화풀이용으로 본능적으로 이들을 상대했다.

수현이 술을 마시지 않았다면 아무리 화가 나도 이렇게까지 하진 않았겠지만, 평소보다 많이 마신 술 때문에 잠시 이성을 잃어 벌어진 일이다.

"일단 이놈들이 깨어날 때까지 기다려야겠네."

누가 자신을 습격하라고 했는지 배후를 알아야 했기에 어쩔 도리가 없었다.

그런 결심을 하자 수현은 쓰러져 있는 용근이파를 하나 둘 끌고 어둠 속으로 들어갔다.

괜히 이들을 이곳에 방치를 했다가 누군가에게 발견되어 신고라도 들어가면 골치 아파지기 때문이다.

더욱이 집 근처인 이곳에서 자신을 기다렸다는 것은 자신의 집도 알고 있을 것으로 짐작이 되기에 마무리를 확실하게 지어야만 했다.

Chapter 9

배후를 찾다

딱!

"윽!"

수현의 앞에는 네 명의 사내들이 무릎을 꿇고 고개를 숙이고 있었다.

이들은 조금 전 수현을 습격한 한용근과 그 일당이었다.

"똑바로 말 안하지?"

자신의 질문에 제대로 된 대답을 하지 않는 한용근의 머리에 그들이 가져왔던 각목으로 한 대 내리치며 말했다.

"아닙니다. 저희는 정말로 누가 시킨 것인지 모릅니다. 그저 위에서 오더가 내려와 따른 것뿐입니다."

한용근은 눈앞에 있는 사람이 결코 자신들로서는 어쩌지 못하는 사람이란 것을 조금 전 습격에서 깨달았다.

그 때문에 감히 반항도 하지 못하고 굴욕적이게 무릎을 꿇고 있으면서 일방적으로 머리를 맞고 있음에도 그저 빌었다.

"그럼 너희에게 지시를 한 사람이 누구야?"

"그 그건……."

"왜? 그것도 모른다고?"

"아니 그게……."

한용근은 수현의 질문에 쉽게 대답을 할 수 없었다.

분명 눈앞에 있는 수현이 무섭기는 했지만 자신들에게 오더를 내린 조폭들은 더욱 무서웠다.

막말로 수현은 그냥 화가 나면 몇 대 더 때리고 말겠지만, 조폭은 그게 아니었다.

자칫 수틀리면 자신들을 묻어버릴지도 몰랐다.

그 때문에 수현의 질문에 그냥 대답을 할 수 없는 것이다.

"왜? 너희에게 지시를 내린 것이 조폭이라도 되냐?"

그냥 찔러보는 질문이었는데, 수현의 질문을 받은 한용근과 그 일당은 무척이나 당황했다.

"그 그것을 어떻게……."

"뭐? 정말로 조폭이 날 습격하라고 했던 거야?"

'음!'

하도 기가 막혀 찔러 본 것인데, 그 말이 맞다는 것을 알게 된 수현은 기가 막혔다.

조폭이 무엇 때문에 자신을 습격하라고 사람을 보낸단 말인가.

그러면서 머릿속으로 이번 일이 결코 간단하게 해결될 것이란 생각이 들지 않았다.

이번에는 이들의 습격을 가볍게 막아냈지만 정말로 조폭이 개입이 된 일이라면 쉽게 생각할 문제가 아니었다.

잠시 생각을 하던 수현은 문득 네 사람의 얼굴이 눈에 들어왔다.

자신을 습격하다 당해 엉망으로 변했지만 가로등 불빛에 들어난 이들의 얼굴이 생각보다 나이가 들어 보이지 않았기 때문이다.

"니들 아직 학생이냐?"

"아 아니요."

"학생 아니야? 그렇게 나이 들어 보이지 않는데?"

수현은 자신의 질문에 아니라고 대답을 하는 이들을 보며 고개를 갸웃거리며 중얼거렸다.

그런 수현의 말을 들은 것인지 한용근이 조심스럽게 대답을 하였다.

"학생은 아니고 작년에 고등학교 자퇴했습니다."

"뭐? 고등학교 자퇴?"

수현은 이야기를 듣고 기가 막혔다.

"몇 학년?"

"2학년 1학기 때 자퇴했습니다."

빡! 빡! 빡! 빡!

수현은 한용근의 대답을 듣자마자 들고 있던 몽둥이로 네 사람의 머리를 한 대씩 내리쳤다.

"악!"

머리를 맞은 이들은 머리를 붙잡고 비볐다.

조금이라도 고통을 줄이기 위해 그러한 행동을 하는 것이다.

"똑바로 있지 못해!"

"헙!"

수현의 고함소리에 이들은 얼른 자세를 바로 했다.

조금만 자세가 흐트러지면 폭력을 행사하는 수현이 두려웠기 때문이다.

"이런 어린놈의 자식들이 할 게 없어 조폭 흉내를 내?"

"흉내가 아니라……."

수현의 말에 유진기가 작은 소리로 중얼거렸다.

하지만 누구보다 뛰어난 신체 능력을 가진 수현의 귀에 그 중얼거림은 똑똑히 들렸다.

"뭐?!"

빡!

수현은 자신의 귀를 의심했다. 이제 겨우 20살도 되지 않은 미성년자가 조폭을 동경해 조폭이 되기 위해 학교를 자퇴했다는 말에 어처구니가 없었다.

"이런 정신 상태가 썩은 놈들이네! 안 되겠다."

이들의 앞에 앉아 있던 수현이 몸을 일으키자 네 사람은 기겁을 하며 뒤로 물렀다.

"어 어!"

뒤로 물러나며 수현을 주시하는 한용근과 일당의 모습을 보면서 수현은 차갑게 말을 하였다.

"일단 니들 정신 좀 차리게 맞자! 엎드려!"

차가운 수현의 말에 한용근과 세 사람은 눈을 말똥거리며 쳐다보았다.

퍽! 퍽!

"엎드려뻗치라고!"

들고 있던 몽둥이로 땅을 가볍게 치며 말했다.

그런 수현의 말에 방금 전 수현이 무슨 소리를 한 것인지 깨닫고 한용근과 세 사람은 자포자기를 하는 심정으로 엎드려뻗쳤다.

"내가 불량 청소년을 선도하는 사람은 아니지만, 깡패가 되겠다고 학교도 때려치우고 다른 사람을 괴롭히는 너희를 그냥 두고 볼 수가 없다."

퍽! 퍽!

수현은 말을 하면서 이들의 엉덩이에 몽둥이질을 하기 시작했다.

비록 자신이 선도부 선생님은 아니지만 일단 이들의 잘못된 사고를 고쳐줘야 할 필요성을 느꼈다.

더욱이 아직 미성년자라 깡패에 대한 환상이 있는 것 같으니 그것만 걷어 낸다면 충분히 정상적인 삶으로 돌아올 수 있을 것 같았기 때문에 나선 것이기도 했다.

"억! 억!"

엉덩이에 몽둥이찜질을 당하는 이들은 맞을 때마다 엉덩이에서 느껴지는 고통에 신음을 흘렸다.

그러면서 속으로 자신들이 잘못 걸렸다는 것을 다시 한 번 깨닫게 되었다.

"할 게 없어서 깡패가 되겠다고? 이런 썩어빠진 놈들, 어디 그 생각이 끝까지 지켜지는지 한 번 두고 보자!"

말을 하면서 수현은 본격적으로 몽둥이를 휘두르기 시작했다.

그러면서 교묘하게 아프면서도 골병이 들지 않는 부위만 손목의 스냅을 이용해 때렸다.

더욱이 아픔이 쌓여 둔감해지지 않게 하기 위해 한 곳만 때리는 것이 아니라 볼기와 허벅지 인근을 골고루 돌아가며 때렸기에 한용근과 일당은 고통이 익숙해지지 않고 고통이 계속해서 중첩이 되었다.

수현은 그렇게 이들이 잘못했다는 말을 할 때까지 폭행을 계속했다.

물론 어떤 형태로든 폭력은 정당화될 수는 없지만 수현은 다르게 생각했다.

잘못된 길을 가면 폭력을 행사해서라도 올바른 길로 인도 해야 하는 것이 어른 된 도리라 믿었기에 조폭이 되겠다는 생각에 다른 사람을 습격하는 이들의 정신을 뜯어 고치기로 하였고 실천을 하였다.

*　　　*　　　*

쾅!

"뭐야!"

갑자기 사무실의 문이 요란한 소리를 내며 열리자 안에 있던 사람들은 깜짝 놀라 자리에서 일어나며 소리쳤다.

"어떤 새끼야!"

"뭐야! 습격이라도 온 거야?"

요란한 문소리에 고함을 지르며 자리에서 일어난 이들은 문 앞에 한 사람이 서 있는 것을 보고 의아해하였다.

"넌 누구냐? 누군데 남의 사무실 문을 그렇게 요란하게 여는 거야!"

문을 연 사람이 일반인으로 보이지 않았기에 삼식이파 조직원들은 조심스럽게 물었다.

삼식이파는 보라매동과 은천동 일대에 활동하는 작은 조직이었다.

조직원도 두목인 김삼식을 필두로 열 명이 되지 않았다.

그도 그럴 것이 보라매동과 은천동은 그렇게 돈이 될 만한 것이 없기에 어떤 조직도 관심을 보이지 않았고, 덕분에 열 명도 되지 않는 작은 조직으로도 자리를 잡을 수 있었던 것이다.

그런 관계로 비록 이들이 조폭이긴 하지만 사무실 문을 저렇듯 요란하게 열고 당당하게 들어서는 사람, 그것도 덩치가 결코 자신들 보다 작지 않은, 아니 오히려 물살로 덩치만 키운 자신들과 다르게 언뜻 보기에도 단단해 보이는 근육이 보이는 팔뚝과 가슴 근육의 크기를 자랑하는 자를 보며 긴장을 하였다.

"누가 김삼식이냐?"

수현은 사무실 입구에서 실내를 돌아보며 그렇게 물었다.

어제 저녁 한용근과 그 일당을 닦달하며 그들에게 오더를 내린 이가 누구인지 알아냈다.

"어디서 온 누군지는 모르겠지만 감히 형님을 그렇게 함부로 부르다니, 죽고 싶냐?"

수현의 말이 떨어지기 무섭게 사무실 안에서 누군가 한

명이 자리에서 일어나 소리쳤다.

　무례한 수현을 겁주려고 하는 행동이었지만 수현은 그런 조폭의 협박에 기죽지 않았다.

　언뜻 봐도 자신보다 못한 이들에게 겁을 먹을 사람이 누가 있겠는가. 더욱이 어제 이후로 자신의 능력에 대해 확신을 가진 수현이다.

　그러니 조폭들의 같잖은 협박은 먹히지도 않았다.

　"다시 한 번 묻겠다. 김삼식이 누구야! 안 나오냐?"

　대한 수현의 물음에 앞으로 나섰던 깡패가 주춤했다.

　자신의 위협에도 오히려 대차게 자신의 형님을 동내 꼬마 부르듯 부르는 모습에 본능적으로 위협을 느꼈기 때문이다.

　그뿐만 아니라 그 주변에 있던 조폭들도 그와 비슷한 반응을 보였다.

　수현이 평범하지 않다는 것을 이들도 느낀 것이다.

　"내가 김삼식인데, 그런 넌 누구냐? 어느 조직에서 나온 거냐?"

　자신을 김삼식이라 말한 이는 커다란 책상 뒤에 앉은 이였다.

　나이는 30대 초반으로 보이고, 살짝 찢어진 눈과 얇은 입술을 가진 그는 어디서 본 것은 있는지 하얀 와이셔츠와 회색 양복을 입고 있는 이였다.

　그냥 보면 중소기업 부장이나 과장쯤으로 보이는 이였다.

하지만 의자에 앉아 있으면서도 건들거리는 폼이 그가 조폭임을 말해주고 있었다.

"그래?"

수현은 자신의 짐작대로 책상 뒤에서 혼자 고급 의자에 앉아 있던 이가 이들의 두목인 김삼식이란 것을 확인하자 사무실 안으로 들어갔다.

그러면서 열린 문을 굳게 닫았다.

쿵!

그그긍!

그러고는 옆에 있던 장식장을 끌어다 문 앞을 막았다.

"어?"

수현의 이상한 행동에 뭔가 잘못 돌아가고 있다는 것을 대번에 깨달은 김상식은 고함을 질렀다.

"적이다, 쳐라!"

"와!"

김삼식의 명령이 떨어지기 무섭게 수현을 쳐다보고 있던 조폭들이 일제히 수현에게 달려들었다.

퍽! 쿵!

퍽! 퍽!

"으악!"

"죽여!"

좁은 사무실에 10여 명의 사람들이 뒤엉켜 싸움을 벌이자 금방 난장판이 되었다.

　그럼에도 수현은 전혀 당황하지 않고 결코 다수가 자신을 공격하지 못하게 움직이며 자신의 앞에 놓인 조폭을 한 명, 한명 쓰러뜨렸다.

　"이런, 연장, 연장을 써!"

　부하들이 쓰러지는 것을 지켜보던 김삼식은 급기야 안 되겠는지 연장을 쓰라고 고함을 질렀다.

　두목의 목소리를 들은 깡패들은 가까이에 있는 아무거나 들고 휘둘렀다.

　휘익! 쿵!

　하지만 연장을 들어도 깡패들은 수현을 당할 수가 없었다.

　오히려 깡패들이 휘두르는 무기 때문에 공간이 넓어져 수현의 움직임만 편해졌다.

＊　　　＊　　　＊

　두두둥! 탕!

　와! 와아!

　"여러분! 다섯 개의 보석, 주얼스였습니다."

　짝! 짝! 짝! 짝!

　"감사합니다."

"감사합니다."

노래가 끝나고 사회자의 마무리 멘트가 나오자 객석에서 박수 소리가 들렸다.

그리고 팬들의 박수를 받으며 무대를 내려가는 아이돌 그룹 주얼스는 연신 인사를 하며 무대 뒤로 사라졌다.

그런데 팬들의 환호를 받으며 무대를 내려오는 그녀들의 표정은 그리 밝지 않았다.

카메라가 돌아갈 때는 밝게 미소를 지었지만, 무대가 끝나고 카메라가 자신들에게서 벗어나 새롭게 무대에 오르는 그룹으로 포커스가 바뀌었을 때는 언제 그랬냐는 듯 무표정을 짓거나 뭐가 마음에 들지 않는지 잔뜩 찌푸려져 있었다.

하지만 내막을 알고 나면 이들이 왜 이런 반응을 하는지 알 수 있을 것이다.

국내 최정상의 여자 아이돌 그룹 중 하나라 칭해지는 주얼스라는 이름이 무색하게 이번 앨범의 타이틀 곡이 크게 주목받지 못하고 있기 때문이다.

물론 컴백 첫 주에 음악프로그램에서 1위를 하기는 했지만 2주차인 오늘은 한 계단도 아니고 무려 세 계단이나 내려온 4위에 랭크를 했다.

물론 4등도 무척 높은 순위이기는 하지만 최정상 그룹으로서 활동 후반기도 아니고 이제 겨우 컴백 2주차에 4위라는 것은 들고 나온 타이틀곡이 별로 시원치 않다는 말이나 마찬가지였다.

그나마 이들이 최정상 여자 아이돌 그룹이라는 명성 때문에 부르는 곳이 많았기에 다행이지, 그렇지 않고 이제 데뷔를 하는 신인 그룹이나 이름값이 떨어지는 그룹이었다면 상당한 타격이 있었을 것이다.

그리고 주변에서 들려오는 소문도 별로 좋지 못했다.

이들의 부진으로 회사 내에서도 방송 활동보단 외부 행사에 더 충실해 손해를 만회해야 하는 것은 아닌가 하는 말들이 나오기도 했다.

그런데 설상가상 멤버들 간도 사이가 별로 좋지 못했다.

인기가 많은 멤버와 그렇지 않은 멤버 간에 불화도 점점 손쓸 수 없을 정도로 커져만 갔다.

그 때문에 이들을 관리하는 매니저도 요즘 신경이 바짝 곤두서 있었다.

덜컹!

쿵!

"아이 씨! 짜증나!"

주얼스의 리더인 정아는 자신의 대기실로 들어오기 무섭게 소리를 질렀다.

소리를 지르던 정아는 거기서 그치지 않고 휙 고개를 돌려 뒤따라 들어오는 멤버 중 지아를 노려보며 소리쳤다.

"유지아! 너 거기서 그럼 어떻게 해!"

그녀는 공연 도중 ENG카메라가 자신을 비추자 카메라 욕심에 준비된 안무에 따르지 않고 단독 행동을 하는 바람에 자칫 방송 사고를 일으킬 뻔했다.

"뭐 나만 그랬어? 선혜도 그랬고, 언니도 언니 원샷 때 다음 포지션으로 이동하지 않고 카메라만 따라다녔잖아!"

자신을 지적하는 리더의 말에 지아는 지지 않고 따졌다.

실제로 이번 무대는 전체적으로 합이 맞지 않는 그런 무대였다.

이제 신인 타이틀에서도 벗어났지만 프로페셔널하지 못한 무대를 연출한 주얼스였다.

그 때문에 원래는 무대가 끝나면 매니저도 함께 대기실로 돌아와 정리를 했을 테지만 오늘은 그러지 못했다.

멤버들이 카메라 욕심에 리허설대로 무대를 연출하지 못하고 엉뚱한 행동을 하는 바람에 연출자에게 불려갔기 때문이다.

물론 아주 잘못된 무대는 아니었지만 일단 약속된 라인을 이들이 임의로 살짝 꼬는 바람에 정작 프로그램 PD가 그리고자 하는 그림이 제대로 살지 못했다는 것이다.

그 때문에 이들의 매니저는 PD에게 불려가 사과를 하고 있어 이들이 대기실에서 싸움을 하는 것을 막지 못했다.

"뭐? 지금 어린 게 어디서 말대답이야! 그래서 네가 잘했다는 거야?"

자신의 지적에 사과를 하는 것이 아니라 오히려 대거리를 하는 지아의 대답에 정아의 표정이 더욱 굳어졌다.

사실 주얼스 내부에서는 리더인 정아의 권위가 흔들리고 있었다.

그녀는 노래는 잘하지만 비주얼이 여자 아이돌 중에서 그리 예쁜 편이 아니었기 때문이다.

그 때문에 리더임에도 센터를 한 번도 서본 적이 없었다.

그러다 보니 팬들의 인지도에서도 많이 떨어졌다.

그저 노래 잘하는 아이돌 가수 정도의 인식 정도다.

솔직히 아이돌만 아니었다면 충분히 노래만으로 성공을 할 수 있는 실력이 있는 정아다.

하지만 정아는 노래를 부르기 위해서 어쩔 수 없이 아이돌 그룹의 멤버로 들어갔다.

데뷔 초기만 해도 정아는 이런 것에 연연하지 않았다.

그래도 노래로써 자신이 속한 아이돌 그룹을 팬들에게 인식을 시키는데 지대한 공헌을 하였기 때문이다.

그때만 해도 주얼스 내부에서 정아의 인지도는 중상위권은 되었기도 했다.

하지만 시간이 지나고 주얼스가 최정상 여자 아이돌 그룹에 올라서면서 인기의 향방이 다르게 흐르기 시작했다.

이왕이면 다홍치마라고 예쁜 멤버들의 인기가 점점 올라가고, 상대적으로 비주얼이 좀 떨어지는 멤버들은 점점 소외되기 시작하였다.

그러다보니 리더인 정아의 인기도 점점 줄어들고 인기가 줄어드니 그룹 내에서 리더의 권위가 흔들렸다.

이런 현상에 기름을 부은 것이 바로 선혜였다.

선혜는 리더인 정아보다 한 살 어렸을 뿐만 아니라, 주얼스가 한창 데뷔 준비를 할 때, 뒤늦게 주얼스 멤버로 합류를 했다.

하지만 정아가 가창력으로 주얼스를 알렸다면, 선혜는 미모로써 주얼스를 대중에 알렸다.

그래서 그런지 데뷔 초부터 선혜의 인기는 대단했는데, 데뷔부터 지금까지 단 한 번도 그룹 내 센터의 자리를 내준 적이 없었다.

다른 여자 아이돌 그룹에서는 노래 컨셉에 따라 센터가 바뀌기도 했는데, 주얼스에서는 선혜의 미모가 독보적이라 한 번도 바뀐 적이 없다.

안무 중에서도 선혜가 센터에 서는 비중이 압도적으로 많았기에 주얼스 내에서도 선혜의 인기는 단연 톱이었다.

그러다 보니 그룹 내에서도 선혜의 발언권이 리더인 정아를 넘어선 지 오래다.

이들을 관리하는 매니저들뿐만 아니라 실장과 회사의 이사들도 선혜를 대우하는 것이 다른 멤버들과는 확연이 달랐다.

스타라이프

그 때문인지 주얼스 내부에선 선혜를 중심으로 하는 비주얼파와 상대적으로 인기가 떨어지는 가창력파 간의 알력이 생겼다.

방금 말다툼을 한 지아도 사실 비주얼파에 속하는 멤버였다.

그러니 리더인 정아의 지적에도 기죽지 않고 뒤에 있는 선혜를 믿고 대거리를 한 것이다.

그렇게 두 사람의 싸움이 이제는 비주얼파와 가창력파 간의 알력 싸움으로 번져갔다.

이들의 말싸움으로 대기실이 소란스러워지자 복도를 지나던 다른 그룹 멤버들이나 관계자들이 대기실 주변을 기웃거렸다.

"뭐야? 뭐가 이리 소란스러워?"

뒤늦게 PD의 훈계를 듣고 온 홍식이 대기실에 들어서며 소리쳤다.

"무대 중에 지아가 실수한 것을 지적하니 저게 대들잖아요."

정아는 매니저 홍식의 물음에 조금 전 있었던 일을 이야기하였다.

그런 정아의 말에 지아는 지지 않고 소리쳤다.

"나만 그런 것 아니잖아요. 언니도 그랬으면서 왜 저만 가지고 그래요."

평소와 다르게 따박따박 따지는 지아의 행동에 정아는 기가 막혔다.

연습생 시절 함께 데뷔를 준비할 때까지만 해도 지아의 성격은 저렇지 않았다.

하지만 데뷔를 하고 인기가 많아지면서 지아는 점점 변했다.

그리고 그건 지아만이 아니었다. 다른 멤버들도 연예인병이 걸린 것 마냥 매사에 자기중심적으로 행동을 하기 시작했다.

정아도 다른 멤버들에 비해 그게 두드러지지 않았을 뿐이지 그녀 또한 오십보백보였다.

"하! 일단 여긴 보는 사람이 많으니 회사 들어가서 이야기하자!"

홍식은 조금 전 소란으로 사람들이 대기실 주변에 얼쩡거리자 문제가 커질지 모른다는 생각에 얼른 이들을 데리고 주차장으로 갔다.

원래라면 비록 4위로 무대는 끝났더라도 1위 발표가 있고 그들이 앵콜 곡을 부를 때까지 남아 있어야 했지만 현재로써는 그럴 여건이 되지 못했다.

혹시나 방금 전 이들이 다툰 것이 소문이라도 난다면 큰 문제가 되기 때문이다.

*   *   *

드르륵! 탕!

주차장에 도착한 홍식과 주얼스 멤버들은 밴이 도착하자 얼른 그것에 올라탔다.

"오빠! 전에 내가 부탁한 것은 어떻게 된 거야?"

막 밴을 출발시키려는 홍식에게 선혜가 물었다.

"부탁?"

"그래, 전에 그것 있잖아!"

선혜의 말에 막 자리에 앉은 주얼스 멤버들이 그녀를 쳐다보았다.

하지만 선혜는 멤버들의 시선에도 전혀 당황하지 않고 홍식을 쳐다보았다.

그런 선혜의 질문에 홍식은 잠시 생각을 하다 짧게 감탄성을 질렀다.

"아! 그거… 곧 소식이 올 거다. 조금만 더 기다려!"

"조금? 내가 부탁한 것이 언젠데 아직도 해결이 안 된 거야!"

조금 더 기다리라는 홍식의 대답에 선혜의 인상이 구겨졌다.

요즘도 그때 수현에게 무시를 당한 것 때문에 밤에 잠도 잘 못 자고 있었다.

별것도 아닌 일반인이 대한민국 최고의 아이돌 가수인 자신을 무시했다는 것이 도무지 받아들이기 힘들었다.

생각하면 할수록 화가 나는 선혜는 하루라도 빨리 복수를 하고 싶었다.

그래서 흥식에게 부탁을 했는데, 부탁을 한 지 한 달이 넘도록 아무런 소식이 없었다.

"언니! 뭔데, 무슨 일인데 그래?"

지아는 조금 전 대기실에서 정아에게 했던 모습과는 180도 다른 모습으로 선혜에게 달라붙어 물었다.

"응, 그런 게 있어! 주제 파악 못하는 사람이 있어서 제 주제를 알려주려고 하는데……."

선혜는 지아에게 마치 옛날이야기를 해주는 것처럼 부드러운 목소리로 조곤조곤 이야기를 들려주었다.

"아니 뭐 그런 인간이 다 있어? 감히 최고의 아이돌 스타가 말을 걸어주면 감지덕지할 것이지! 언니 그런 대우를 받고 어떻게 참았어? 나 같으면……."

이야기를 듣던 지아는 마치 자신이 부당한 일을 당한 것마냥 오버를 하였다.

지아의 그런 반응에 선혜는 빙그레 미소를 지으며 지아를 안았다.

"내 맘을 알아주는 것은 우리 지아밖에 없다니까!"

두 사람이 생 쇼를 하고 있는 것을 주얼스 멤버들과 흥식이 지켜보았지만 어느 누구도 그런 두 사람을 지적하지 않았다.

그도 그럴 것이 선혜의 자신의 입장에서 자신의 위주로 각색된 이야기만 듣고 모두 선혜의 편이 되었기 때문이다.

웃긴 것은 조금 전 대기실에서 대립하던 관계도 잊고 지금은 한마음 한뜻으로 대동단결이 되었다는 것이다.

＊　　　＊　　　＊

딱!

"윽!"

자신의 책상 앞에 무릎을 꿇고 고개를 숙이고 있던 김삼식은 이마에서 고통이 느껴지자 비명을 지르며 이마를 문질렀다.

"똑바로 대답 안하지?"

차가운 목소리가 아픈 이마를 문지르는 김삼식의 귓가를 때렸다.

"윽! 정말입니다. MK엔터의 매니저인 김흥식이 의뢰를 한 것입니다."

삼식은 억울하다는 듯 자신의 결백을 주장했다.

원래라면 이런 것을 말하면 안 되는 것이었지만 조금 전 자신과 동생들을 제압하고 무자비한 폭행을 한 수현에게 막

대한 공포를 느꼈기에 비밀을 술술 토해냈다.

15년을 태권도 수련을 하였다. 그리고 비록 포인트를 이용하기는 했지만 태권도를 마스터 하기도 했다.

그러다 보니 수현은 어떻게 하면 사람에게 고통을 줄 수 있는지 알게 되었다.

비록 현대에 와서 스포츠화 된 태권도라 하지만 마스터를 하고보니 무술과 별반 차이가 없었다.

그도 그럴 것이 정해진 규칙을 지키면 그건 스포츠가 되는 것이고, 그렇지 않고 제한 없이 기술을 사용한다면 그건 살상 무술이 되는 것이다.

만약 수현이 마스터를 하지 못하고, 또 지능이 높아져 태권도의 진의를 깨닫지 못했다면 비록 신체 능력이 일반인보다 월등이 높다 해도 열 명이나 되는 조폭과 싸우고 이렇게 무사하진 못했을 것이다.

삼식이파가 비록 족보 있는 조폭은 아니지만 그래도 보통 사람보다 덩치도 크고 또 싸움에 익숙한 조폭들이다.

더욱이 이곳 조폭 사무실 안에는 무기로 사용할 만한 물건들이 아주 많았다.

세가 불리해지자 이들은 숨겨 두었던 목검이나 야구 방망이 같은 무기들을 꺼내들고 수현을 공격했다.

하지만 어느 누구도 수현의 옷깃조차 스친 사람이 없었다.

그저 일방적으로 수현에게 구타를 당하다 제압이 되었다.

너무도 압도적으로 당하다보니 김삼식을 비롯한 조폭들은 감히 수현에게 덤벼들 생각을 포기했다.

그 뒤로 이들은 수현이 물어오는 질문에 숨김 없이 대답을 하였다.

하지만 질문을 받았다고 조폭이 숨김없이 술술 대답을 한다면 어느 누가 그 말을 믿을 것인가. 수현도 김삼식이 너무 순순히 대답을 하기에 믿지 못하고 폭력을 행사한 것이다.

김삼식으로서는 억울한 마음이 들 수도 있지만, 그건 그가 잘못된 길을 걸어온 것이 문제인 것이지 그의 말을 믿지 않은 수현의 잘못은 아니다.

탕!

"새끼야! 그럼 니들이 오지 왜 엄한 애들을 보내!"

비록 자신보다 나이가 많은 김삼식이지만 수현은 인간 같지 않은 놈들에게 나이가 많다고 존칭을 써야 할 필요성을 느끼지 않아 반말을 하였다.

"윽! 잘못했습니다. 다신 안 그러겠습니다."

김삼식은 자신의 대답에 또 다시 구타를 당하자 얼른 고개를 숙이며 잘못했다고 빌었다.

그래야 조금이라도 덜 맞기 때문이다.

"그래야지, 다시 한 번 이런 일이 있으면 너희들 내가 평

생 죽만 먹게 만들어주는 수가 있다. 알겠냐?"

구타가 무서워 비굴하게 구는 김삼식의 모습을 보며 수현은 그가 지금까지 한 말이 사실일지도 모른다는 생각이 들었다.

그래서 마지막으로 경고를 하고 자리에서 일어났다.

조폭 사무실을 나온 수현은 잠시 뭘 할까 생각을 하다 아직 해도 떨어지지 않았기에 조금 전 김삼식에게서 들었던 MK엔터라는 곳을 방문하기로 하였다.

무엇 때문에 자신을 조폭까지 동원해 해코지를 하려고 했는지 알아보기 위해서다.

*   *   *

강남 청담동.

이곳은 연예 기획사가 밀집되어 있는 번화가다.

수현은 청담동에 도착해 곧바로 MK엔터라는 곳을 찾아갔다.

정확한 위치를 알지 못하기에 물어물어 그곳을 찾았다.

"여기가 MK 엔터테인먼트로군!"

MK 엔터테인먼트의 입구에 서서 건물을 보며 중얼거렸다.

"무슨 일로 찾아오셨습니까?"

경비원이 다가와 무슨 일로 방문을 하였는지 물었다.

수현은 자신에게 다가와 물어오는 경비원을 보고 자신의 용건을 말했다.

"혹시 이곳에 김홍식이라는 매니저가 있습니까?"

다른 설명 없이 단도직입적으로 물어오는 수현의 질문에 경비원은 잠시 수현을 살폈다.

오랜 경비 생활을 하다 보니 이곳을 찾은 이가 좋은 뜻으로 방문을 한 것인지, 아니면 누군가를 해코지하려고 온 것인지 느낌으로 알 수 있었는데, 지금 그의 촉에는 그리 좋은 뜻으로 찾아온 것은 아닌 듯 보였다.

하지만 이곳 기획사의 연예인이나 간부도 아니고 겨우 매니저를 찾는 것에 경비는 잠시 고민을 하다 건물 안을 가리켰다.

"안에 들어가서 안내 데스크에 물어보십시오."

그는 뭔가 느낌이 오기는 했지만 확실한 것이 아니니 일단 안내 데스크에 문의하라는 말을 하고 다시 자신이 근무하는 자리로 돌아갔다.

경비가 제자리로 돌아가자 수현은 잠시 그 모습을 쳐다보다 건물 안으로 들어갔다.

건물 내부로 들어가니 입구에 안내 데스크가 보이고, 그곳에 단정한 제복을 입은 직원이 서 있는 것이 보였다.

수현은 그곳으로 다가갔다.

"이곳에 김흥식 매니저라고 있습니까?"

"어서 오십시오. 김흥식 매니저님 말씀입니까?"

"예, 맞습니다. 김흥식!"

"혹시 무슨 이유로 김흥식 매니저님을 찾는 것인지 알 수 있을까요?"

직원은 미소를 지으며 차분하게 방문 목적을 물었다.

하지만 수현도 김흥식이 무엇 때문에 조폭에게 자신을 테러하라고 의뢰를 했는지 물어보기 위해 이곳에 찾아온 것이었으니 뭐라고 말을 할까 잠시 망설였다.

"그게 제게 조금 문제가 생겼는데, 그 문제를 일으킨 사람이 바로 그 사람이라고 누가 그러더라구요. 그래서 무슨 일로 그런 일을 벌인 것인지 알아보기 위해 찾아왔습니다."

수현의 이야기를 들은 직원은 순간 표정이 굳어졌다.

비록 돌려 말을 하고 있었지만 방문 목적이 결코 김흥식 매니저에게 좋은 일이 아니란 것을 느꼈기 때문이다.

그 때문에 잠시 고민을 하던 직원은 경비를 부를까 말까 고민을 하였다.

부르지 않자니 문제가 발생할 것 같고, 또 부르자니 아직 문제가 발생한 것도 아니기 때문이다.

잠시 망설이는 직원의 모습에 수현의 표정이 굳었다.

직원의 모습에서 이곳에 김흥식이란 매니저가 있다는 것을 직감적으로 알게 되었다.

"큰 문제 일으키지 않을 것이니 그 사람 좀 불러주시겠습니까?"

수현은 정중한 목소리로 부탁을 하였다.

그런 수현의 말에 직원은 더욱 당황했다.

비록 수현이 찾는 사람이 매니저일 뿐이지만 일단 김홍식은 이곳 직원이지 않은가. 혹시나 해코지를 당할까 걱정이 된 것이다.

더욱이 그녀가 아는 김홍식과 눈앞에 있는 수현을 비교하면 상대도 되지 않을 것이 뻔했다.

웅성웅성.

저벅! 저벅!

막 뭐라고 대답을 하려고 하는데, 입구에서 여러 사람이 걸어오는 것이 보였다.

그리고 그 앞에는 지금 수현이 찾는 김홍식이 다가오고 있었다.

한참 직원에게 김홍식의 행방을 묻던 중 누군가 다가오는 느낌에 고개를 돌리던 수현의 눈에 누군가가 눈에 들어왔다.

"음!"

자신도 모르게 작게 신음을 흘린 수현은 눈가를 살짝 찌푸렸다.

자신이 있는 곳으로 다가오는 사람들 속에 그도 알고 있는 사람이 한 명 있었기 때문이다.

2년 전 연예인이 될 거라며 이별 통보를 하고 떠났던 선혜가 지금 자신이 있는 곳으로 다가오고 있었다.

제대 전 말년 휴가를 나갔을 때 헛소리를 하던 그녀를 외면했던 기억이 다시금 떠올랐다.

'그런 것이군!'

수현은 김삼식에게서 들었던 MK 엔터테인먼트의 매니저 김홍식이 무엇 때문에 조폭에게 자신을 테러해 달라고 의뢰를 했는지 대번에 깨달았다.

'가지가지 한다. 선혜 넌 어디까지 떨어진 거냐?'

다가오는 선혜의 얼굴을 잠시 쳐다보다 시선을 돌려 그 앞에 걷고 있는 남자를 쳐다보았다.

직감적으로 사건의 전말을 깨달은 수현은 지금 자신이 보고 있는 남자가 바로 의뢰를 했던 김홍식이라는 것을 직감하고 그에게 다가갔다.

한편 회사로 돌아온 선혜는 막 자신의 연습실로 가려다 안내 데스크 앞에 누군가 서 있는 것을 보았다.

거리가 멀어 정확하게 누군지는 확실하게 알 수는 없었지만, 왠지 익숙한 느낌의 남자였다.

'누구지? 익숙한 실루엣인데?'

점점 거리가 가까워지면서 윤곽이 드러나며 실루엣의 정체를 확인하고는 깜짝 놀랐다.

스캔라이트

'헉!'

눈이 마주쳤다. 그 때문에 선혜는 속으로 무척이나 놀라 심장이 마구 요동쳤다.

하지만 그것도 잠시, 수현이 금방 시선을 돌림으로써 선혜는 안도감과 함께 또 이율배반적으로 화가 나기도 했다.

분명히 자신을 본 것이 분명했는데 아는 척도 하지 않으니 또다시 철저하게 무시당한 기분이 들었기 때문이다.

〈『스타 라이프』 제2권에서 계속〉